「いやだ、まだ死にたくねええええええええええええ!!」
ブラットは絶叫しながら頭をかきむしり——
だがそのときだった。
「——ブラットさま、どうなさったデス!?
なにかあったデスか!?」
奇声を聞きつけ、メイド服姿の少女が
慌てて部屋に入ってくる。
黒《くろ》豚《ぶた》王《おう》子《じ》は前世を思いだして改心する
悪役キャラに転生したので
死亡エンドから逃げていたら
最強になっていた
Prince "Kurobuta" remembers his previous life and repents

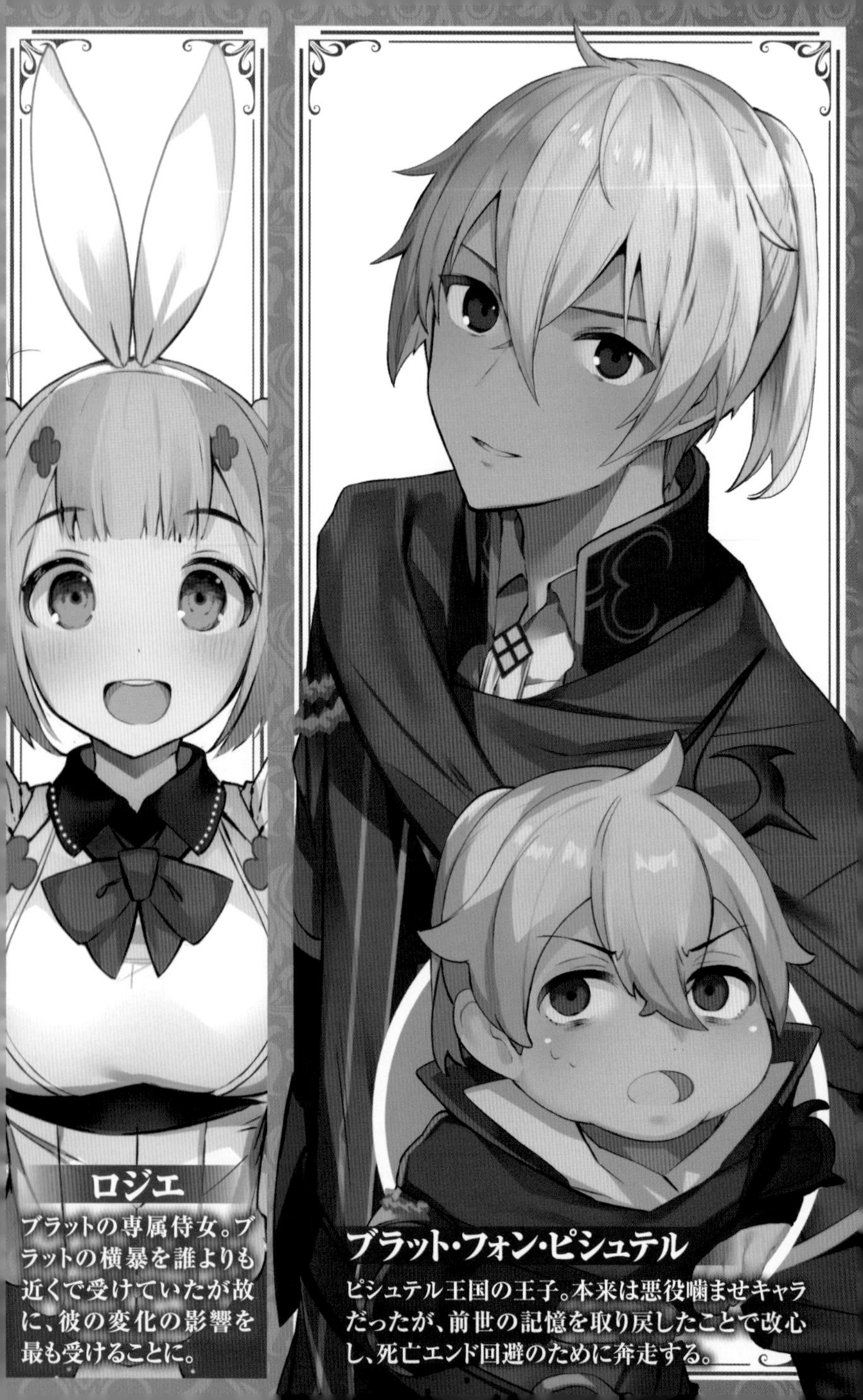
ロジエ
ブラットの専属侍女。ブラットの横暴を誰よりも近くで受けていたが故に、彼の変化の影響を最も受けることに。
ブラット・フォン・ピシュテル
ピシュテル王国の王子。本来は悪役噛ませキャラだったが、前世の記憶を取り戻したことで改心し、死亡エンド回避のために奔走する。

ミーナ・リーベルト
猫人族の双剣士。両親の死によって猫人族の集落の長となった少女で、誇り高く責任感が強い。
マリー・エル・フォークタス
ブラットの婚約者。王国の宰相であり公爵の娘。儚げな容姿と知性を併せ持ち、「妖精姫」と呼ばれている。
アルベルト・フォン・ピシュテル
ブラットの双子の弟。二卵性のため容姿はブラットと大きく異なる。文武両道で非の打ち所のない人物とされているが……？

「……遅くなってすまなかった」
いぶかしさを感じながらミーナが顔をあげると──
気づけば目の前にひとつの人影が現れ、
ミーナに手を差しのべていた。

黒豚《くろぶた》王子《おうじ》は前世を思いだして改心する
悪役キャラに転生したので死亡エンドから逃げていたら最強になっていた
著 少年ユウシャ ill. てつぶた
Prince "Kurobuta" remembers his previous life and repents

口絵・本文イラスト
てつぶた

装丁
AFTERGLOW

CONTENTS

Prince "Kurobuta" remembers
his previous life and repents

一話　黒豚王子は改心する

1

――記憶がよみがえったのは、ブラットが一四のときだった。

「ブ……ブラットさま！　しっかりなさってくださいデス！」

地面に無様に倒れたブラットに、侍女が慌てて声をかける。

王立ウィンデスタール魔法学院、中庭。

第二位階の火球の呪文《じゅもん》をペアで撃ちあうという実習授業の最中、ブラットは相手の生徒の火球に吹きとばされ、頭を激しく打ちつけてしまったのだ。

（くっ、なんたる屈辱……）

打ちどころが悪かったらしく、ブラットは意識が朦朧《もうろう》としてきた。

しかし青ざめた教師や侍女によってブラットが慌ただしく運ばれていくなか、授業に参加する周囲の生徒たちはそんなブラットを心配するどころか嘲笑《ちょうしょう》していた。

『ぷぷぷっ……黒豚、ざまぁ』

『いつも威張ってるくせに火球もまともに使えねえのかよ、だっさ』

『てかこれじゃ焼豚じゃん……クソマズそうだけど！　ぷぷぷ！』

生徒たちの言う黒豚とは、ブラットのことだ。

ブラットは丸々と肥えた豚のような巨漢で、ダークエルフのような褐色の浅黒い肌と銀髪をしていることもあり、ついたあだ名がこの〝黒豚〟なのだった。

この蔑称《べっしょう》は傍若無人に振るまうブラット自身に原因があったのだが、薄れゆく意識のなかで生徒たちの陰口が耳に届くと――

（許さんぞ、この愚民どもが……！　俺に火球を放った低脳ともども、この俺に歯向かったことを必ず後悔させてやる……！）

ブラットはこりもせずに内心で周囲への恨みつらみをつのらせる。

まるでいじめられっ子の負け犬の遠吠《とおぼ》え。

だが面倒なことに、ブラットはただの負け犬では終わらなかった。

ブラットは実はこれでもこの国の第一王子。

陰口を叩《たた》いたものたちを罰する権力があるのだ。これまでに実際に何人も厳しく罰してきたし、だからこそここまで周囲から嫌われているのであった。

いま陰口を叩いているものたちもブラットが意識を失っていると思って好き勝手言っているようだが、もし聞かれていると知れば顔を青ざめさせるだろう。

（さてさて、あやつらにはあとでどのような罰を与えてやろうか……）

ニチャア、と粘着質な微笑を浮かべるブラットだが――


（ぐっ、な……なんだこれは⁉）


そのとき不意に、すさまじい頭痛がブラットを襲った。

「ブラットさま⁉　大丈夫デスか⁉」

担架の上で豚のような身をよじって激痛にうめくと、侍女からすぐに身を案じる慌てた声が飛んでくるが、もはやブラットはそれどころではなかった。

脳裏に膨大な情報が洪水のように流れこんできて、頭が割れそうだったのだ。

流れこんできたのは、記憶だった。

ここではないどこか――いや、日本という国のひとりの冴《さ》えない男の記憶だ。

彼女いない歴イコール年齢で友人皆無のぼっちで仕事以外では家を出ずにゲームばかりしている引きこもりのどうしようもないアラサーオタクリーマンの――

「てかそれ俺だ。これ俺の記憶じゃん⁉」

これまで王族として育てられたものには似つかわしくない言葉が発せられた直後、ブラットの意識はぷつんと途切れた。


――黒川勇人《くろかわはやと》。

それがこのピシュテル王国の第一王子であり、周囲から〝黒豚〟と呼ばれるブラット・フォン・ピシュテルの前世の名だった。

……いや、もはや前世などどうでもいいだろう。

いまの自分にはすでにブラットとして生きた一四年もの記憶があり、これからもブラットとして生きていくしかないのだから。

それに黒川勇人は無類のゲーム中毒者で、それが大きな原因のひとつになって若くして命を落としてしまったという救えない男。そのようなろくでもない人間のことをいつまでも考えていてもしかたがない。

……とは言いつつも。

そのゲーム中毒という性質が功を奏したか、あるいは災いしたか。

黒川勇人が転生したこの世界――つまりは現在ブラット・フォン・ピシュテルとして生きるこの

世界——は自身が命を落とす直前にプレイしていた大人気ロールプレイングゲーム『ファイナルクエスト』と非常に酷似した世界であった。

『ファイナルクエスト』——通称、ファイクエは〝勇者が魔王を討伐する〟という使い古されたテンプレを極限まで磨きあげた王道のなかの王道ゲームだ。

そんな古きよきゲームの世界に転生する。

オタクにとってはまさに夢のようなことである。ゲーマーで異世界転生ものの作品に傾倒していた黒川勇人にとっても、それは願ったりかなったり——なはずだった。


「——なんでよりにもよって、俺が悪役キャラなんだよおおおっ‼」


自身の姿を鏡であらためて確認し、ブラットは悲鳴をあげる。

ここは王宮のブラットの私室。

実習授業のさなかに頭を打って突如意識を失ったブラットは、ついさきほどこの私室のベッドで目を覚ましたところだった。

そしてそのときには、見事にすべてを思いだしていたのだ。

前世の記憶とともに『ファイナルクエスト《この世界》』でのブラットというキャラの立ち位置を。自身がこれからどのような末路を迎えるのかを。

なにを隠そう――黒川勇人が転生した〝黒豚王子〟ことブラット・フォン・ピシュテルは、作中で死亡エンドが確定している悪役キャラなのだった。

(嘘《うそ》だ……信じない、俺は信じないぞ！)

必死に現実逃避しようとするものの、鏡に映るその姿はどうあがこうとも変わらない。

――ブラット・フォン・ピシュテル。

『ファイナルクエスト』ファンのあいだでの通称は〝ブラピ〟。

これは某ハリウッド俳優とまったく同じ略名にもかかわらず、それに似つかわしくない黒豚のような容姿であることを皮肉った蔑称である。

黒豚をそのまま英語にしたら〝ブラックピッグ〟なので、制作側があえてそういった名称をつけたのではというまことしやかなうわさもある。

そして作中でのブラットは、魔王に魅入られた悪逆非道な若き国王として登場し、民の命を魔王覚醒《かくせい》の礎にせんと画策。最終的に勇者とその仲間である自身の弟に処刑される。

つまりはお亡くなりになるキャラなのだ。

悪役でデブで、最後には無様に殺される。

それがブラット・フォン・ピシュテルというゲームキャラクターの生涯――そして、ブラットとして転生してしまった元黒川勇人の未来なのだった。

(……ふつうは転生するなら勇者かその仲間だろ！　最悪魔王ってのもありではあったが……なん

でよりにもよって噛《か》ませ犬っぽいデブの悪役キャラなんだよ）

それにくわえて死亡エンドが決まっているなんて、どんな罰ゲームだ。

現在のブラットは一四歳。

確か作中でのブラットは一七、八歳ぐらいだった。父の国王カストラルもまだ存命であるため、処刑されるまでには数年の猶予がある。

だがこれまでのブラットとしての人生を振りかえると、まだ一四歳であることもあって大きな悪行こそ働いていないものの、性格自体はまさにゲームでの高慢な国王ブラットそのものである。このまま順当に行けば処刑は避けられまい。

「いやだ、まだ死にたくねえええええええええ‼」

ブラットは絶叫しながら頭をかきむしり――だがそのときだった。


「――ブラットさま、どうなさったデス⁉　なにかあったデスか⁉」

奇声を聞きつけ、メイド服姿の少女が慌てて部屋に入ってくる。

うさぎのように愛らしいその小柄な少女は、ブラットの専属侍女のロジエだ。

ブラットが授業で倒れてこの自室に運びこまれてから数時間が経過しているのだが、部屋に入ってきた彼女の早さからして、部屋の外でずっと待機していたようだ。

いつブラットが目を覚ますともしれなかったのにご苦労なことだ。

「どこかお体が痛むデスか⁉　いますぐにヒーラーを呼んで……」

「あ、いや……もう大丈夫だから、余計なことはしなくていい」

慌ただしく部屋を飛びださんとするロジエを、ブラットが制する。

ロジエはブラットに肩をつかまれると、怯《おび》えるようにビクッと身をすくませたあと、しどろもどろになりながら血相を変えて頭を下げてくる。

「さ……差しでがましい真似《まね》をいたしましたデス！　これからは気をつけるデスから……ど、どうか寛大な措置をお願いいたします！」

決して犯してはならない法でも犯したかのような全力の謝罪だった。

なるほど、完全に怯えられているようだ。

ブラットは愚鈍だったのであまり気にしてはいなかったが、前世の記憶と感覚がよみがえったいま、ロジエのブラットへの隠しきれない恐怖心をひしひしと感じる。

寛大な措置もなにも、彼女はそもそもブラットを気遣ってくれただけ。

それで罰を与えるわけもないのだが、これまでのブラットはとりあえず他人の揚げ足をとり、罰を与えるクソガキだった。ロジエが怯えるのも無理はない。

実際ブラットはその高慢で意地の悪い振るまいで使用人たちを数えきれぬほど罰してきたし、それに耐えられずにやめていったものは数しれず。

専属侍女もこのロジエで七、八代目ぐらいだった。

いま思うと、本当にとんでもない。

(……これからは気をつけないとな)

ブラットとして生きた時間は一四年だが、黒川勇人として生きた時間はその倍以上ある。前世の記憶がよみがえったいま、社畜——もとい、サラリーマンだった黒川勇人としての人格のほうが色濃くでており、使用人たちへの罪悪感はすさまじかった。

もちろん、これまでの悪行の数々が消えるわけではない。後々しっかりとした贖罪《しょくざい》は必要だろうし、実際にそれは考えて実行していくつもりだがとりあえず、これからは使用人たちにできるかぎり優しくしようと心に決めたブラットだった。

「いや……なに、謝るほどのことじゃないだろう。おまえは俺の身を案じてくれただけなのだからな。ロジエ、おまえにはいつも苦労をかけている。ありがとうな」

ブラットとしての人格の反発か、単に黒川勇人のコミュ力がないせいなのか、ぶっきらぼうにはなってしまったが、ブラットはロジエにそう声をかける。

ロジエは驚愕《きょうがく》に目をまんまるに見開いた。

しばしなにか言いあぐねるかのように口をぱくぱくと動かす。

やがて目尻《めじり》に大粒の涙をため、ついにはぽろぽろと泣きはじめてしまった。

「お、おい……なんで泣く⁉」

「も、申し訳ないデス……！　ブラットさまにそのような労いのお言葉をいただけるとは思ってもおらず、いつもいつもブラットさまのご期待にそえずにお叱《しか》りを受けてばかりで、これ以上へまをしてはいけないと気を張っていたこともあり、緊張の糸がとぎれて感極まってしまってつい……ひっく、うわあああああああああんっ」

ロジエはそう言いながら大声で泣きだしてしまう。

感謝の言葉を伝えただけで号泣させてしまうとは、いかにブラットが彼女にとって恐怖の対象だったのか再認識せざるをえない。猛省。

（いつもいつもしょうもないことで叱ってたからなあ、ほんと申し訳ない）

ブラットは自身のこれまでの態度を省みながら、よしよしとロジエをなだめる。

しばしあってロジエはハッと我にかえり、

「ももも、申し訳ないデス！　ブラットさまの前で取りみだし、さらにはなだめていただくなどとんでもないご無礼を！　この罰はわたしの命でもって……」

「いや……いいから気にするな。むしろ謝罪すべきなのは俺だろう。俺のこれまでの態度のせいで、おまえに必要以上の気苦労をかけてしまった。これからはおまえたち使用人の主人として恥ずかしくない男になるから、これからも俺に仕えてくれるか？」

「ブラットさま……」

ロジエはふたたび瞳《ひとみ》をうるうると潤ませ、感極まった様子だった。

やがてヘッドバンキングをするようにぶんぶんぶんぶん首を縦に振り、

「当然デス！　このロジエ、誠心誠意お仕えさせていただくデス！　そもそも、謝罪すべきはやはりわたくしめ！　貧乏な下級貴族の出身であるわたしを専属侍女として高給で取りたてていただいたご恩がありながら……わたしはそんなお優しいブラットさまが、あまり、その……よい主人ではないのではと疑念を抱いておりました。こんなにもわたしごとき一使用人のことを考えてくださっているのに！　こんなにも心優しく、寛大なご主人さまなのに！　ごめんなさいデス！」

ロジエは身を乗りだしながら、そんなことを言ってくれる。

これまでのブラットは侍女のことなど気にかけてはいなかったし、このロジエを取りたてたのは、単純にロジエの容姿が優れていたからなので気まずい。

ロジエは体に小人族の血がわずかに入っているらしく、うさぎのような愛らしさを持つ小柄な美少女であり、さらには明るく人畜無害そうなところも、人を支配して言うことを聞かせたがる高慢なブラットのお眼鏡にかなった。採用理由はそれ以上でもそれ以下でもなく、決して彼女の言うような優しさからではないのだから。

（……まあ、いいふうに勘違いしてくれるぶんには問題ないか）

うれし涙を流すロジエを見つめ、冷静に肩をすくめるブラットだった。

2

（さて、これからのことを考えねば）

謝意を伝えたせいか妙にやる気を出し、甲斐甲斐《かいがい》しく世話を焼こうとするロジエを部屋からどうにか追いだしたブラットは、ひと仕事を終えたように息をつく。

豚のような図体《ずうたい》で豪奢《ごうしゃ》なベッドにどでんと横たわる。

室内にうず高く積まれた山のような菓子を頰張《ほおば》り、これからの方針を考える。

最優先はもちろん、死亡エンドの回避だ。

死にたくない。なにより死にたくない。

そのために死につながる要素を全力で排除したいが――

（計算すると……事が起こるのは四年後、『最も夜なる夜《アルヤャル》』だな）

いまから四年後、一年で最も夜が深まるその日にブラットは闇《やみ》に魅入られる。

魔王軍の幹部〝四魔将《よんましょう》〟――俗に言う四天王――のひとりにそそのかされ、その力を借りて自身の父である国王を暗殺してしまうのだ。

それがブラットが完全に闇堕《お》ちした直接の要因であろう。

そしてブラットは王となり、暴政を敷いて民を弾圧、最後には魔王のために王都の民を生贄《いけにえ》にせんとする。そして素性を隠して勇者の仲間になっていた弟の第二王子アルベルトにそれを阻止され、最終的には処刑されるというのが作中での流れだ。

となると、単にブラットが闇の力に魅入られたり、国王を暗殺したりしないように気をつければ死は回避できる気もするが――

（そう簡単にはいくまい）

ゲームでは中ボスにすぎない四魔将だが、その力は強大だ。

幻惑魔法などを使われた場合、貧弱ないまの自分がそれを拒めるとは思えない。

そもそもブラットが闇に魅入られたのは、優秀な弟アルベルトへの嫉妬《しっと》も理由のひとつであり、端的に言えばブラットは無能の雑魚《ざこ》キャラクターだ。

ステータス表記こそないが、前世の『ファイナルクエスト』での記憶と照らしあわせると、現在の強さはレベルにすると六といったところ。これは旅立ち直後の勇者と大差なく、いまのブラットは学院に通うそのへんのモブの貴族よりも弱い。

これで四魔将に勝負を挑むなど、蟻《あり》がドラゴンに勝負を挑むようなもの。無謀である。

（でもそれって、あくまでも現時点の俺なら……の話だよな。たとえいま勝てないとしても……勝てるぐらいに強くなればいいだけの話じゃないか？）

四魔将に――いや、魔王にさえ勝てるほどに。

そうすれば死亡エンドを無意味に恐れる必要もなくなるのだから。

学院でもバカにされるほどのレベルのブラットが、四魔将や魔王を討伐できるほどに強くなる——この世界の常識で言えば、まったくもって荒唐無稽《こうとうむけい》に思える話だ。

だが——

(この世界には……おそらく『ファイナルクエスト』のゲームシステムが適用されている)

ブラットとしての現世の記憶を思いかえすと、その可能性は高い。

もちろん具体的にどこまで適用されているのかはあらためて検証する必要があるが、たとえばモンスターを倒せば経験値が得られ、それに応じて成長できる世界なのだ。

いまの自分には、この世界についての知識がある。

この『ファイナルクエスト』を複数回クリアしたという、チートとも言える知識が。

特にどのようにすれば効率よくレベルをあげられるか、自身を鍛えあげて強くなることができるのかという点については〝歩く攻略サイト〟を自称していたぐらいに熟知している。

だとすれば、いくらでもやりようはある。


「決めた……俺は強くなるぞっ‼」


そして手に入れるのだ。

最低でも、四年後に四魔将のひとりを倒せるほどの強さを。

死亡エンドを回避し、そのさきに待っている輝かしい第二の人生を。

えいえいおー！　とブラットはベッドから跳びあがった。

（魔王も四魔将も……ぼっこぼこにしてやるっ‼）

シュッ、シュッ！　とブラットは調子に乗って部屋のなかをその丸々とした肉体で動きまわり、ついにはシャドーボクシングを始めてしまう。

気分はもはや世界最強の格闘家だったのだが、

（……ハアハア、きっつ。うわ、きっつ）

――まあ、現実は甘くはない。

一分も経《た》たないうちに、ブラットはひどい息切れを覚えた。

ちょっと体を動かしただけなのに半端じゃなく苦しい。

汗もだらだら出てくるし、吐き気もしてきた。

（無理、もう無理だ。なんでこんなに体力がないんだよ……）

姿見をふと見ると、そこには相撲取りのような自身の姿があった。

基本的に移動は馬車を利用してそもそも自分で動くことが少ないうえ、隙あらば菓子を頬張っているので納得の体型だ。

というか、いまも無意識に手が動いて菓子を口へと運んでいる。体が糖分を欲しているのだ。

これはまずい。まずすぎる。

世界には動けるデブと動けないデブが存在するが、ブラットは間違いなく動けないデブだ。

最低限動ける体にならねば、雑魚モンスターを狩ることすらできずに命を落としかねない。それだけは避けねばなるまい。

（そして、ブッサイクだなあ……）

自分の顔をあらためて見て、ため息をつく。

いや、顔のつくり自体は悪くはないのだ。

美形の両親譲りで瞳は切れ長で睫毛《まつげ》も長く、鼻はすっと筋が通っていて高く、これといった瑕疵《かし》も見つからないその顔は、イケメンと言えなくもない。

だが、絶望的なまでにデブ。

顔の造作《ぞうさく》が台無しになるほどにデブ、なのだ。

おまけに黒肌で目立ちにくいが、肌が脂ぎっていて汚いうえにニキビが薄っすら浮いている。たとえ顔が多少整っていようと、清潔感のないデブはそれだけでＮＧだ。

（……見た目もどうにかしたいし、ダイエットは優先すべきだな）

人は外見が九割だという話もある。

処刑されるときブラットには味方が誰《だれ》もいなかったが、見た目がひどいのもその一因の気がする。

もちろんこれから周囲には優しくするつもりだが、見た目がいいに越したことはない。

これから改善していく余地は大いにあるだろう。

「……おいロジエ、そこにいるか？」

「はいブラットさま、なにか御用がおありデスか⁉」

ロジエが勢いよく部屋に飛びこんできて、笑顔で用向きを訊《たず》ねてくる。

休んでいいと言ったのに、やはり懲りずに部屋の外で待機していたらしい。

「……なんでそんなに笑顔なんだ？」

「ブラットさまのお役に立てるのがうれしいのデス！　なんなりとお申しつけください！　全力でこたえさせていただくデス！」

そ……そうか、とブラットは若干引き気味でうなずく。

さきほど謝意を告げてから様子がおかしいが、まあいいだろう。

「とりあえず、この部屋の菓子類をすべて処分してくれるか？」

「え……お気に召さなかったデス、か？」

「いや、うまい。とてもうまい。だがおまえも見てのとおり、さすがに俺は肥えすぎている。いろいろと考え、減量したほうがいいのではと思ってな」

な……なるほど、とロジエは神妙にうなずく。

太っていることを肯定していいか迷ったようだ。

記憶を取りもどす前のブラットは、自分をぽっちゃりだと言いはり、デブとか太っているとか言われるとなぜか顔を真っ赤にして怒っていたからしかたがない。

真実は往々にして人を傷つけるものだ。

ブラットは気遣いのできる侍女ロジエと菓子とを見やり、

「……そうだ。おまえの家は貧しく、兄弟姉妹も多かっただろう。この山のような菓子を持っていけば、よろこばれるんじゃないか？」

「え⁉　しかしこのような高価なものをたくさん……」

「いいんだ、おまえには苦労をかけているからな。ぜんぶ持っていけ」

これは命令だぞ？　と指を立てて言いつける。

ロジエは当惑したように口をぱくぱくさせ、しかし命令だという部分が効いたらしく、結局こくりとうなずいて頭を下げてくる。

「か……かしこまりました。感謝、感謝デス！」

「あと……この部屋以外にも凍結魔法で保存している菓子が大量にあったな。あれもすべて不要だ。孤児院や貧民街のものたちにでも行きわたるように手配しておいてくれ」

「え、よろしいのデスか？　相当な量になるデスが？」

「ああ、頼む。元々ひとりで食べきれる量ではないしな」

ロジエは当惑している様子だったが、ブラットが思いだしたようにそう続けると、ハッとなにかに気づいたような顔をする。

「まさか、ここまで見越して……？」

なにかつぶやいているが、ブラットは気にとめない。

さらに部屋を見回し、珍妙なデザインの家具や派手でカラフルな大量の衣装に目をつける。

自分のセンスがいいと思いこんで自慢気に集めていたものだが、前世の記憶が戻って正常な感覚となったいま見ると、あきらかに悪趣味なものばかりだった。

これらもぜんぶ不要だろう。

「不要な家具や衣装もまとめて処分しよう。デザインはなんとも言えないが、物自体はいいはずだ。それなりに金にはなるだろう。その金は貧民や平民向けの教育機関や医療機関のためにでも当てればいい。確か陳情が多いのに後回しにされていただろう」

「え……衣装も⁉　大切にしてらっしゃったのに⁉」

「ああ、民には最低限必要な待遇を受けられていないものが大勢いるからな。俺はこれまでいささか贅沢《ぜいたく》をしすぎた。王族として少しばかり民に還元せねばならないと思ってな。管轄の大臣には俺から話を通しておくから、そのように手配を頼む」

ブラットがまんじゅうのような丸い顔にブサイクな微笑を浮かべると、ロジエはなぜだかまぶしいものを見るように目を細める。

それから両手を合わせて祈りを捧《ささ》げるようなポーズをとって、ブラットを拝みはじめた。

「なぜ……拝んでいる？」

「……ブラットさまが聖者さまに見えたデス」

「まあなんでもいいが、菓子と家具と衣装の件は頼んだぞ」

「かしこまりましたデス！　このロジエにおまかせくださいませ！」

小柄な体に不釣りあいな大きな胸をドンと叩《たた》くロジエ。

ブラットは彼女にさらにいくつかの頼みごとをして、部屋から送りだした。

「さあて、運命というやつに抗《あらが》ってみますか」

中二病のようなセリフでかっこをつけ、不敵に笑うブラット。

周囲からは気持ちの悪いデブが不気味な微笑を浮かべて意味のわからないことを言っているようにしか見えないのだが、そこはまあご愛嬌《あいきょう》である。

そんなこんなで——
ブラットの死亡エンド回避のための日々が始まったのだった。

3

（お、ここだここだ）

翌日。王宮の裏手、第一練兵場にブラットの姿はあった。

ピシュテル王国の魔法騎士団《マギクナイツ》はこの大陸でも屈指の実力を誇る騎士団なのだが、ここはその屈強な騎士たちが日々鍛錬にはげむ場所であった。

いまも無数の剣と剣が激しくぶつかりあう音、さらには炎や氷といった攻撃魔法が爆裂する音が響きわたっている。

剣技はもちろん、魔法も相当ハイレベルだ。

どれも単なる付け焼き刃の魔法ではない。この世界で熟練の魔法使いと認められる基準である第五位階の魔法まで飛びかっている。

この魔法騎士団に所属できるのは、実は貴族のなかでもほんの一握りの人間だけ。魔法騎士というのは貴族の憧《あこが》れの存在なのだ。

剣と魔法のどちらもハイレベルでなければ入団できない――いわば貴族のエリートであり、これぐらいの芸当はできて当然なのだった。

(……さすがだな、いまの俺とは格が違う)

魔法学院でも最下位の実力で、第三位階の魔法でさえ満足に使えぬいまのブラットからすれば、魔法騎士というだけで雲の上の存在。

以前のブラットならば「たかが剣と魔法が人より扱えるだけ」と小馬鹿にしていたものだが、いまのブラットには前世での記憶と経験がある。この騎士団に入るのがどれほど大変なことなのかもちゃんと理解できた。本当にすごいものたちなのだ。

まあブラットもいずれこの騎士たちを超えるほど圧倒的に強くなる予定ではあるし、ここにやってきたのもその計画の一環にほかならないのも事実なのだが、あらためて騎士たちの磨きぬかれた技を見るとついつい感嘆のうめきが漏れる。素直に尊敬である。

「すばらしい剣技だ、今日も精が出るな」

そして何気なく、近くの騎士にそう言葉をかけたのだが——


「あ、え……ひいいいいいい⁉」


それだけで騎士がひっくりかえった。

悲鳴をあげ、まるでバケモノでも見たかのように。

そんなに驚くことか？　とブラットは首をかしげながらも、あの〝黒豚王子〟に急に声をかけられればそうもなるかと思いなおす。

ブラットはなにしろ邪智暴虐の王子なのだから。

やれやれと肩をすくめつつも、騎士が立ちあがるのにそっと手を貸す。

「ででで、殿下……⁉　あ、ありがとうございます⁉」

ブラットが急に眼前に現れ、剣技を褒め、手を差しのべてきた。

騎士はそんな状況がまるで理解できないらしく、ブラットの手をとって立ちあがったのちも、言葉尻《ことばじり》に疑問符がついた調子で感謝の言葉を述べてくる。

（昨日《きのう》のロジエのときも思ったが、他人に感謝されるのはやはり悪くない。この調子で周囲には特にできるかぎり優しく接していこう）

ブラットがそんなことを考えているあいだに、周囲の騎士もその存在に気づいたようだ。

『おい、なんであいつがここにいるんだ……？』

『やばいぞ……誰かなにかしたんじゃないのか？』

『前に小隊長が辺境に飛ばされてたしな……』

ブラットがただ練兵場に現れただけで、この言われようである。

だが無理もないだろう。

記憶を取りもどす前のブラットは、とにかく怠惰だった。魔法の勉強も、剣の鍛錬も、なにもかもを怠り、自室で茶菓子をむさぼる日々を過ごしていたのだ。

しかも自身が怠惰なだけならともかく、自国を守るために鍛錬にはげむ騎士たちに対し、あろうことか『魔法の音がうるさいから静かに訓練しろ』などと文句を言い、最終的に対立した騎士団の小隊長にイチャモンをつけて辺境に左遷させたことすらあった。

我ながらひどい仕打ちである。

そんな邪智暴虐の〝黒豚王子〟ことブラットがいきなり練兵場に現れたのだから、騎士たちが何事かと戦々恐々としてしまうのも当然である。

（それにしても、さすがにびびりすぎだとは思うが……）

まあ、それほどひどい人間だったということなのだろう。

ここから名誉挽回《ばんかい》しなければならないと思うと、さきが思いやられる。

（ま、いずれは皆にも認められたいが……今日は棚上げだな）

周囲に認められることも大事ではあるが、直接的に命に関わるかというとそうでもない。いまは身を守るため、最低限の力を身につけるのが最優先。

そのためにできることを全力ですべきときだ。

そして今日ブラットがこの練兵場にやってきたのは、ほかでもなくその力を手にするため——力を与えてくれるとある人物に会うためだった。

『ファイナルクエスト』作中と同じだとすれば、その人物はここにいるはずだが——


（……ん、あれは？）


あたりを見回していると、練兵場の一角に人だかりを見つける。

一〇人ぐらいだろうか。

男たちで暑苦しい練兵場にはまるで似つかわしくない瀟洒《しょうしゃ》なドレスと宝飾品で着飾った令嬢たちが、なにやらキャーキャーと黄色い声をあげている。

何事かと近づいていくと、その理由はすぐにわかった。

『キャ〜！　アルベルトさま〜♥』

『お稽古《けいこ》今日もおつかれさまでした♥』

『剣も魔法もお見事でしたわ♥』

人だかりの中心にいたのは、ひとりの少年。

年齢はブラットと同じなのだが、その容姿はまるで対極。輝く金髪に色白の肌——すらりと細身で、まさに王子という出でたちの見目麗しい少年である。

彼の名はアルベルト・フォン・ピシュテル。

ブラットの双子の弟であり、『ファイナルクエスト』にも登場するこの国の第二王子だ。

「ハハハ、おれなんてまだまだ大したことはないさ」

アルベルトは鍛錬でにじんだ汗を手でぬぐい、まるで少女漫画の爽《さわ》やか系ヒーローのようなきらきらと輝く王子スマイルを浮かべてみせる。

その類まれな美貌《びぼう》からくりだされる殺人的な王子スマイルを向けられ、令嬢たちはいっそう興奮した様子でキャーと黄色い悲鳴をあげた。

マンガやアニメであれば、目がハートマークになっている勢いである。

（……相変わらずの人気だな）

ブラットがその振るまいや容姿から黒豚と蔑《さげす》まれる一方で、弟のアルベルトはブラットと対極の完璧《かんぺき》な振るまいと完璧な容姿により、アイドル的な人気を誇っているのだ。

言うなれば、〝白馬の王子〟といったところか。

双子なのにえらい違いである。

かたや令嬢たちに黄色い声をあげられ、皆から慕われる〝白馬の王子〟。かたや声をかけるだけでひどく怯《おび》えられ、皆から忌み嫌われる〝黒豚王子〟。

（ひどい差だな。一応、俺のほうが兄なんだけど……）

こちらに気づいた令嬢たちに汚物を見るような目を向けられ、ブラットは息をつく。

悲しくなってくるが目はそらすまい。これが自分の現状である。

「……」

アルベルトがこちらをちらと見る。

するとその面差しに浮かんでいた太陽のごとき王子スマイルが、ブラットに気づいたその瞬間にぴくりと引きつるようにゆがんだ。

皆に向ける表情は相変わらず王子スマイル。

だがブラットにしか顔が見えぬ角度になると、アルベルトは途端にブラットをにらみつけ、見下すような軽蔑《けいべつ》の眼差《まなざ》しを向けてきていた。

まるで害虫でも見るかのような視線である。

実はアルベルトとブラットは、とても仲が悪いのだ。

（……俺としては仲良くしたいんだがな）

関係を改善したいところだが、すぐには難しいだろう。

今回ブラットが会いにきたのはアルベルトではないし、とりあえずこちらもいまは棚上げにしておくしかなさそうだ。

ブラットはアルベルトや令嬢たち、さらには騎士たちの刺々しい視線をひしひしと感じつつも、気を取りなおして練兵場の奥部へとさらに歩を進めるのだった。


(この樹《き》で……間違いないな)

まもなくたどりついたのは、高さ一〇メートルを優に超える大木。

それはセフィロトの樹――別名〝生命の樹〟と呼ばれるものだ。

常に高濃度の魔力が放出されており、その近くにいるだけで魔力が回復できるため、こういった練兵場や訓練場にしばしば植えられているものだ。

『ファイナルクエスト』作中でもこの大木を調べるだけで体力と魔力を全快でき、ボス戦前の休息ポイントとして扱われることもあるオブジェクトである。

そして、ブラットがその大木を見上げると――

(……いた)

太い樹枝の上に、ごろりと寝そべる人影がひとつ。

すらりとした長身痩躯《そうく》の戦士だ。

身の丈ほどもある大剣を背にし、それに寄りかかるように寝そべっている。『ファイナルクエスト』作中でも観た光景なので間違いない。

彼の名は、グラッセ・シュトレーゼマン。

この世界における人類最高戦力とも言われる〝七英雄《ななえいゆう》〟のひとりであり、〝魔神殺し《デモンスレイヤー》〟の異名をとる人類最強クラスの戦士だ。

『ファイナルクエスト』作中では、事あるごとに主人公を危機から救い、いいところをかっさらっていく最強のお助けキャラである。

現在は名誉騎士としてこのピシュテル王国の騎士団に在籍しているのだが、このグラッセこそが今回ブラットが会いにきた人物なのだった。

「……こんにちは、グラッセさん！」

ブラットはすぐさまそう声をかける。

ちなみにブラットは一応はこの国の王子で、一方でグラッセはこの国の騎士団に所属する騎士という立場なのだが、敬語なのはブラットのほうである。

騎士とはいえ、グラッセはあくまでも客人。

父である国王カストラルが他国への牽制《けんせい》のため、一切の誇張なく戦略級の戦闘力を誇るグラッセに頼みこんでこの国に身を置いてもらっているからだ。

〝七英雄〟はその実力はもとより、各国への影響力も桁外《けたはず》れで、対外的には一国の王と同格扱いされている。王子だろうと偉そうにはできないのだ。

「グラッセさん、お話があるのですが……！」

反応がないのでさらに声をかけるが、やはり反応はない。

誰かに起こしてもらおうかと周囲を見るが、騎士たちはブラットに関わりたくないらしく、みな全力で見てみぬ振りを決めこんでいる。

どうしたものかとしばし考え、自身の手元をちらと見る。

そこにはグラッセのために持ってきた土産《みやげ》――対グラッセ最終兵器があった。ぎりぎりまで温存しておきたかったが、もはや選択の余地はない。

「グラッセさんの好物だと聞いてコロッケを買ってきたんだけど、眠っているようだからしかたない。持ち帰って自分で食べるしかないか……」

ブラットがそんなふうにぼやいた瞬間だった。


――むくり、と。


さきほどまでぴくりとも動かなかったグラッセが、まるでスイッチが入ったようにバッと身を起こし、すさまじい勢いでこちらを見る。

そして城下の高級コロッケ店のトレードマークである包み紙をブラットの手に見つけるや、カッと目を見開き、驚くほどの機敏さで大木から飛びおりた。

まるで重力がないかのように軽やかに着地し、『ファイナルクエスト』作中でもお馴染《なじ》みの人を食ったような軽薄な微笑をブラットに向けてくる。

「やあやあやあっ☆　誰かと思えば、きみは確か第一王子のブラットくんじゃないか。こんなところにわざわざなんの用かな？」

訊《たず》ねながらも、しっかりとブラットの手からコロッケを引ったくるグラッセ。

「ひとつグラッセさんに頼みたいことがありまして」

「ばぼびたいこと……？」

グラッセは話を聞く素振りを見せつつ、すでにコロッケにかぶりついていた。

わかってはいたが、本当にコロッケが好きらしい。

『ファイナルクエスト』作中でグラッセが頼みを引きうけてくれる条件というのが、街で売られているこのコロッケ——なぜこの世界観でコロッケが存在しているのかは『ファイナルクエスト』制作陣にしかわからないが——を献上することなのだった。

（持ってきてよかった……）

まさかここまで好物とは思いもしなかったが。

ブラットは胸をなでおろし、グラッセにここに来た理由を説明するのだった。

4

ＲＰＧの多くに存在する〝レベルシステム〟。

その仕組みは単純だ。

戦闘で敵キャラクターに勝利し、それに応じた経験値をもらう。そして経験値が一定量に達するとレベルが上昇し、同時に攻撃力や耐久力といったステータスを上昇させられるという、スタンダードでわかりやすいキャラクター育成システムである。

戦闘に勝利するには、知識やテクニックの習得も大切だ。

だがレベルシステムで基礎ステータスを上昇させることがそれらの何倍も大切であることは、ゲーマーなら誰《だれ》しも身にしみて感じていることだろう。

それは『ファイナルクエスト』というゲームでも同様だ。

強くなるためにはレベルをあげること――これがとにかく肝要である。

そして『ファイナルクエスト』に酷似したこの世界にも、レベルシステムらしきものが存在しているということにブラットは気づいていた。

らしきもの――と表現したのは、実際に『ファイナルクエスト』というゲームのように数値化され、ステータスとして表示されるわけではないからだ。

ただし、それが内在的に存在するのは間違いない。

モンスター討伐時に体が淡い輝きに包まれ、自身のなにかが昇華したような不思議な感覚におちいった——そんな報告があとを絶たないからだ。

その感覚のあとには体が軽くなったり力が強くなったりしたという報告も多く、この世界ではその現象が神からの祝福のようなものとして扱われている。

前世の記憶を取りもどす前はブラットもそのことを特に疑問にも思わなかったが、いまならそれこそがまさに〝レベルアップ〟だったのだとわかる。

とにもかくにも、この世界にはレベルシステムが存在する。

それがわかったいま、ブラットが強くなるためにすべきことはひとつ。

レベルをあげること——レベリングをすることだ。

そしてモンスターを倒すことこそがレベリングの基本であるのは、この『ファイナルクエスト』に酷似した世界でも同じ。

なのだが、『ファイナルクエスト』を前世でやりこんだブラットは、初期のキャラクターを育成するさらに効率のいい方法を知っていた。

そして、その方法というのが——

「ほほう……稽古《けいこ》をつけてほしい？」

しばしあってブラットは練兵場の隅に腰かけ、グラッセと話をしていた。

そして早速、自分に稽古をつけてもらえるように頼んだところだった。

「はい、ぜひグラッセさんにお願いしたくて！」

できるかぎり心証がよくなるように愛想笑いを浮かべるブラット。

『ファイナルクエスト』作中では主人公パーティーがこの練兵場を訪れると、歴戦の魔法騎士たちによる戦闘訓練を受けることができる。

下級騎士、中級騎士、上級騎士――各ランクの騎士から稽古をつけてもらう相手を選んで戦闘訓練を受けることで、それぞれの難易度に応じた報酬――経験値やアイテムをもらえたり、エクストラスキルを習得できたりするという流れだ。

そしてこの練兵場に隠しキャラとして登場するのが、このグラッセだ。

特定の条件を満たすことでグラッセによる戦闘訓練も受けられ、騎士たちの場合よりも圧倒的に膨大な報酬を得られるのである。

その報酬のうまみたるや通常戦闘とは比較にならず、ゲームを隅々までプレイした物好きな廃プレイヤーによってその存在が周知されてからは、グラッセの戦闘訓練を受けるのがストーリー最短攻略の必須《ひっす》事項だと口々に言われるほどであった。

実際グラッセの訓練を受ければストーリーを進めるのが相当楽になるため、ブラットも前世では何周プレイしても迷わずこの練兵場を訪れたものだ。

だから『ファイナルクエスト』に酷似したこの世界で強くなると決めたあと、ブラットはなにを差しおいてもまずこの練兵場にやってきたわけである。

だから是が非でもグラッセに稽古をつけてもらいたいのだが――

「んー、無理っ☆」

それがグラッセの答えだった。

一切迷いのない――清々しいまでの即答であった。

「だ……だめ、ですか？」

ブラットは想定外のその答えに当惑する。

『ファイナルクエスト』作中では好物のコロッケさえ土産に持っていけば、とりあえず最初の訓練は受けさせてもらえた。

だからこうして話を聞いてもらった時点で、交渉は成功したものと思いこんでいたのだ。

「うん、だめっ☆　ただでさえ騎士たちの相手をしなきゃいけないのに、きみの稽古までしていたら眠る時間がなくなってしまうじゃないか。面倒くさいよ」

仮にも王子であるブラットに、グラッセははっきりとそう言う。

「そもそも……どういう心境の変化だい？　きみはこれまで練兵場を訪れたことすらなかったし、鍛錬なんか大嫌いという話だったろう。騎士たちがきみの陰口をよく言っていたよ。実際その豚のごとく肥えた体を見るに、まったく運動もしていないようだし」

いやそれは豚に失礼かな、と肩をすくめる。

すると周囲の騎士が、くすくすと笑うのが耳に入った。

『ぷぷぷ、いまさら稽古だってよ……』

『無理だろ、あの肉だぜ』

『ていうかアルベルトさまですら断られてるのに』

言われてもしかたないと思いつつも、さすがに精神的ダメージを受けるブラット。

しかしここで引きさがるわけにもいかない。

「……確かに俺はずっと鍛錬をさぼってきました。しかし成長していろいろな考え方を知るにつれ、自分も変わりたいと思ったのです」

「無理だよっ☆」

真剣な顔で一心発起したことを伝えるが、グラッセにやはり即答される。

「だってさ……これまでいくらでもチャンスがあったのに、きみはそのすべてをふいにしてきたのだろう？　そんなきみがいきなり変われるわけがない。人間の本質ってそう簡単には変わらないからね。そもそも変わりたいのなら、話はそのたるんだ体を引きしめてからじゃないかな。ぼくはダイエットに付きあうのなんて正直ごめんだし、そんな体ではぼくの稽古についてこられるわけがない。なんていうかさあ、端的にきみって口だけにしか見えないんだよねっ☆」

相変わらずの軽薄な微笑から発せられるグラッセの言葉は、しかしまるで鋭利な刃物のようにぐさぐさとブラットに突《つ》きささった。

まったく容赦がない。『ファイナルクエスト』作中と同じく、すさまじい毒舌である。

「それでもそこをなんとか……！　お願いします……！」

ブラットは合掌して必死に食いさがる。

ここでグラッセに断られてしまうと、昨日《きのう》立てたブラット・フォン・ピシュテル最強化計画のスケジュールが大きく狂ってしまうのだ。

グラッセはやれやれとブラットをしばし見つめ――


「じゃあ……頭を下げてもらえるかなあ？」


人にものを頼むんだからねっ☆　と愉しげに言いはなった。

その一言に練兵場の空気が、一挙に凍りつく。

それもそのはず。記憶を取りもどす前のブラットは、なにしろ高慢だ。人に頭を下げさせるならともかく、自分が下げることは基本的にありえない。

いきなり頭を下げろなどと言われようものなら、怒るのが当然だったのだ。だから皆ブラットが逆上して激昂《げきこう》することを危惧《きぐ》したのだろう。

しかし、いまのブラットには前世の記憶がある。

分別あるリーマンだった頃《ころ》の感覚があるため、頭を下げることへの抵抗はない。手のかかる部下がミスしたとき、よく取引先に頭を下げていたからだ。

むしろそれだけで稽古をつけてもらえるなら万々歳。頭ぐらいならいくらでも下げよう。いや、むしろ下げさせてください、という気持ちだった。

結果――ブラットは一切のためらいなく頭を下げた。

「……!?」

すると凍りついていた練兵場に、今度は激震が走る。

『ま、まさか……!?　嘘《うそ》だろ!?』

『あの黒豚が、頭を下げた……だと!?』

『信じられん、夢でも見ているのか!?』

そんな声が、口々に練兵場に飛びかかった。

さきほどまではひそひそとした陰口だったのだが、あまりの驚愕《きょうがく》に我を忘れてしまったのか、もはやブラットに聞こえるほど大声で話している。

いつも軽薄な微笑で飄々《ひょうひょう》としているグラッセでさえ、目を丸く見開いて驚いている様子だ。

「……まさか、本当に頭を下げるとは思わなかったよ。きみなら即座に怒りだして、ぶひぶひとわめきだすと思ったんだけどね。それだけ本気、ということかな?」

「あ、え……まあ、はい」

真顔で訊ねてくるグラッセに、ブラットは煮えきらぬ態度で苦笑する。

（いや……頭を下げただけなんだよなあ）

ブラットとしての現世の記憶はしっかりと残っているため、高慢なブラットが頭を下げるのが不自然なのは確かに理解できるのだ。

けれど目下の人間にこそ意地でも頭を下げなかったブラットだが、儀式のときや父である国王の前ではふつうに頭を下げていた。

だから、ここまで驚くこともなかろうにと思う。

しかしブラットがそれほどに本気なのだということで、話が一歩進んでくれたらしく、グラッセはふむと唸《うな》りながら――

「そうだね、じゃあテストをしてあげようっ☆」

指を一本立てて、愉しげにそう言いはなった。

直後。グラッセが眼前から一瞬にして姿を消す。ブラットが意識を外したわけでもないのに、気づいたときにはそこから消えていたのだ。

（……来たか）

だがブラットは慌てることなく、グラッセの攻撃に備えて身構えた。

むしろこのときを待っていたのだから慌てるわけがない。

――〝テストをしてあげようっ☆〟

実はその言葉は『ファイナルクエスト』作中でもグラッセが発するセリフ。

グラッセは稽古をつけてくれるように頼んできた主人公にこのセリフを発したあと、主人公に突如として横薙《よこな》ぎの蹴撃を放ち、主人公の才能を試すのだ。

そこで主人公は才能の片鱗《へんりん》を見せ、グラッセに稽古をつけてもらうことを了承させるのである。

『ファイナルクエスト』を周回プレイしていたブラットは当然そのことを覚えていて、もしかしたらこのテストが行われるかもしれないと脳内シミュレーションしていたのだ。

ブラットは冷静にグラッセの蹴撃に備え、両腕を構えて盾代わりにする。

そして予想通りの軌道でグラッセの脚は飛んできて——

「……ぐえっ！」

直後。ブラットは鶏《とり》のようなうめきとともにふっとんだ。

持ちうるかぎりの力を使い、防御はしたのだ。

しかしあまりにブラットの耐久力が低すぎて、これでもかと加減してくれているはずのグラッセの蹴《け》りにさえ踏んばりきれなかったらしい。

ブラットは練兵場を球のように転がり、どでんと仰向けに倒れこんだ。

『ぷぷぷっ、ざまあないな……』

『いつも偉そうにしやがって、グラッセさまグッジョブ』

『あいつに〝七英雄〟の稽古なんて豚に真珠なんだよなあ』

ブラットの無様な姿を見て、練兵場に嘲笑《ちょうしょう》が広がった。

(わかってて防御できないって、ステータス低すぎだろ……！)

『ファイナルクエスト』作中ではいくら能力差があろうとも、戦闘時に攻撃をタイミングよく弾く《パリィする》ことでダメージの大部分をカットできる。

そして『ファイナルクエスト』を周回プレイするほどやりこんだブラットは全キャラクターの攻撃パターンを熟知し、完璧《かんぺき》にパリィするテクニックを知っていた。

だからどんな攻撃も受けられると根拠もない自信にあふれていたのだが、さすがにものには限度というものがあるらしい。ステータスに差がありすぎた。

(これじゃ無理だよなあ……)

才能を示すどころでなく、見事に無様なところを見せてしまった。

これではテストは不合格。間違っても稽古《けいこ》などつけてはもらえまい。

(しかたないから、ほかの騎士に頼むか……)

レベリングの効率は悪いが、背に腹は替えられない。

だがブラットがため息をつき、あきらめかけたそのときだった。

「……合格だっ☆」

グラッセは微笑とともに言い、ブラットに手を差しのべてきた。

「……え？」

ブラットは間の抜けた声を出しつつ、その手を借りて立ちあがる。

グラッセは変わらず軽薄な微笑を浮かべている。そこにはブラットを蔑《さげす》む感情は見受けられないが、真意がまるで読めない。

「あ、え……稽古を、お願いできるということですか？」

ブラットがおそるおそる訊《たず》ねると——

「うん、いいよっ☆」

グラッセは一言、そううなずいた。

グラッセの蹴撃にまるで対応できず、そのまま無様に蹴りとばされてしまったにもかかわらず、なぜ合格にしてもらえたのかは正直わからない。

しかし本人がいいと言っているのだから、たぶんいいのだろう。

「ありがとうございます。これからよろしくお願いします、師匠！」

よっしゃあああっ！　と内心で狂喜乱舞しながらもそれは表情にはできるかぎり出さず、恭しくグラッセに頭を下げるブラットなのだった。


（……驚いたなっ☆）

練兵場を去るブラットの背を見つめ、グラッセは目を細める。

正直、信じられなかった。

さきほどグラッセがブラットへとくりだした一撃。あれは無謀にも戦いを挑んできたり、あるいはブラットのように弟子入りしたいと言ってきたりする物好きな人間を追いはらうため、試験だという体でしばしば放っているものだ。

もちろん全力を出せば殺めてしまうため、相当手加減はしている。だがそれにしてもそのへんの騎士程度ならば反応もできぬ一撃のはず。

にもかかわらず、あの王子は反応した。

しかもこれまでにこの一撃を受けた誰《だれ》よりも速く、まるで攻撃されるのが事前にわかっていたかのようなバケモノじみた反応速度をもって。

あまりに基礎能力値が低くて避けられこそしなかったが、あの反応速度は驚異的だ。

グラッセは元々あの王子にはなんの才能も感じておらず、一切興味もなかった。

だがさきほどのあの反応速度――あれは間違いなく天賦の才能だ。あれにもしも基礎能力が伴ったらと考えると、そのポテンシャルは計り知れない。

しかも他人を常に見下すほどに高慢だった彼が、プライドを捨てて頭まで下げてきた。もしも本気で努力を重ねれば――化けるかもしれない。

(本物か……それとも、偽物か)

まだ真贋《しんがん》は判断できないが、試してみる価値はあるだろう。

久方ぶりに新たな可能性の芽を見出《みいだ》し、〝魔神殺し《デモンスレイヤー》〟の異名をとる英雄は笑みを深めた。

こうして多少の勘違いはありつつも――

グラッセへの弟子入りに成功し、ブラットは新たな人生への第一歩を踏みだしたのだった。

二話　黒豚王子は決闘する

1

「ふわあああああ……眠いデス」

ロジエは寝間着から仕事着の侍女服に着替えつつ、つい大あくびをしてしまう。

侍女の朝は早い。

王族の世話をする専属侍女の朝はことさらだ。

「ロジエ……あんたひどい顔しとるけど、大丈夫なん？」

心配そうに訊ねてきたのは、相部屋《あいべや》の侍女仲間、リイナだ。

リイナはハーフエルフなので見た目はきれい系なのだが、西方の辺境伯の娘で陽気な性格をしており、ポニーテールがトレードマークの美少女だ。

彼女もロジエと同じく、早朝から仕事支度をしていた。

「だいじょぶデス、ちょっと睡眠不足なだけで」

ロジエはそう答えながら、ぺちんと自身の頬《ほお》を叩《たた》く。

だが眠気はなかなかとれず、目は相変わらずしゅばしゅばとしていた。

「ほんまに大丈夫～？　さいきんあんたのご主人さま、よーわからんやる気出しとるみたいやけど……無理させられとるんやない？」

「そんなことないデスよ？　ブラットさまは休めって言ってくれるけど、わたしがやりたくてやってるだけデスから。それに、ブラットさまはわたしが眠っているあいだにもがんばってらっしゃるし……のんきに眠ってられないデスよ」

ブラットが学院の授業中に倒れた日から、一週間が経過していた。

あれからブラットは体調不良を理由に――つまりは仮病で学院を休み、一方で王宮ではあれこれと活発に動く日々を送っていた。

素行も成績もよくないなかでの仮病による自主休講で周囲はよく思っていないようだが、身近で彼を見ているロジエからすれば、これまでになく精力的な様子なのでいいことだと思っている。

ロジエはそんなブラットの手足となって毎日大忙しだ。

ごらんのとおり、睡眠不足になるぐらいだが、やりがいがある仕事ばかりでうれしい悲鳴だと思っている。ブラットの叱責に怯《おび》えながら仕事をしていた以前とは大違いだ。

目的はわからないが、主《あるじ》がやる気を出しているのだ。

側近の自分がここで踏んばらないでどうすると思う。

握《にぎ》り拳《こぶし》をつくってあらためて気合いを入れるロジエだったが、その顔をリイナがひょこっと横からのぞきこんでくる。

「……」

至近距離でじっと見つめられ、ロジエはなんだか照れくさくなって顔をそらした。

だが顎《あご》をつかまれ、くいっと強引にリイナのほうを向かされる。

「あーあ……おっきな隈《くま》つくって、かわいい顔が台無しやで」

リイナはそっとロジエの目元に触れ、呆《あき》れ顔《がお》で肩をすくめた。

「確かにブラットさまはさいきん人が変わったみたいに寛大やけど、これがいつまでも続くとは思わんほうがええよ？　どうせ気まぐれですぐに元通りのおバカ暴君になるんやから、優しくしてくれるうちにしっかり休んどき」

自分を気遣ってくれているのはわかるが、主を悪く言われたようでロジエは少しムッとしてしまった。

「気まぐれじゃないデスよ、ブラットさまはきっとこれからも優しいデス！　そもそも元々おバカ暴君だったとは思わないデスし」

「いや……しょうもないことで毎日毎日ブチギレてまわりに当たりちらしてたあれを暴君と言わずになんて呼ぶん？」

リイナは肩をすくめる。

「確かにこれまでのブラットさまは……一見、暴君だったデス。リイナちゃんが勘違いするのもわかるデス。だけどあれはたぶん、ぜんぶ演技だったデス」

主がバカにされているのが我慢ならず、ロジエはここ一週間で思い至ったブラットについての推察の結論を述べる。

演技？　とリイナは眉《まゆ》をひそめる。

「そうデス、演技。ブラットさまがさいきん私財を擲《なげう》って、それを慈善事業にまわしてるのは知ってるデスよね？　それが証拠のひとつデス」

「ああ、そんな話も聞いたな？　でもあれってただの点数稼ぎやないん？　さいきんは第二王子のアルベルトさまを次期国王にって声が高まっとるから、陛下にアピールしだしたんやろってみんな言うとるで。さすがに虫がよすぎると思うけどなあ」

「違うデス！　あれはたぶん、ブラットさまが前々から計画をしていたことだったデスよ。一見してブラットさまは贅沢三昧《ぜいたくざんまい》の毎日を送ってたデスが、実はちゃんと換金可能な財として手元にたくわえていたデス。それはたぶん、いざというときにこうして自分で苦しむ民を手助けするためだったデスよ。すべてが計画通りなのデス」

さいきんは国政が貴族優遇のものになりつつあり、貧民や下層民が冷遇されている。

そういう状況が来ることをはるか昔から予期し、ブラットはこれまでおバカなふりをして贅沢品《ぜいたくひん》を買いあつめて財をこつこつとたくわえていたのだ。

最初はなんとなくそうかもという程度の考えだったが、ブラットのさいきんの思慮深い様子を見ていて、ロジエはこの推察が正しいとなかば確信していた。

「……はあ？　なにそれ考えすぎやろ？　単なる気まぐれを深く考えすぎやって。これまでめちゃくちゃ自己中だったことの説明にもなってへんし」

「考えすぎじゃないデスってば！　ほかにも民のためにいろいろといま動いてらっしゃるし、暴君だったのにもきっと理由があるデスよ！　たとえばアルベルトさまとのあいだに王位継承争いが起こらないように、あえて無能を演じてアルベルトさまに王位を譲ろうとしたとか、きっとなにかそういう……」

「だとしたら、まだ暴君を演じとるはずやろ？」

冷静につっこまれ、ロジエは一瞬口ごもる。

「それは……きっと国の状況がその演技をやめてまで、自分で動かなきゃって思うようなひどいものだったデスよ。それかアルベルトさまには国をまかせられないと判断して、自分が国王さまになることにした、とか」

「いやいやいや、相変わらずアルベルトさまは優秀でイケメンやし、最高の王になるって評判でイケメンやし、とにかくイケメンやからなあ……別にブラットさまを特別嫌いなわけやないけど、さすがにアルベルトさま派やわ」

「アルベルトさま、裏では女癖悪くて腹黒いってうわさデスよ？　優秀でイケメンでもいい人だとはかぎらないデス」

アルベルトもブラットと同じく専属侍女を頻繁に替えており、その理由が侍女に手を出しているからだというわさがあった。

もちろん根拠のないものであり、ロジエふくめて誰もまともに信じてはいないのだが。そもそもアルベルトはブラットの双子の弟なのでまだ一四だ。これからならばともかく、いまそのようなことをしているとは思えない。

リイナも「誰かが嫉妬《しっと》で流した嘘《うそ》やろ」と一蹴《いっしゅう》する。

「とにかく……ない、絶対ないわ。ブラットさまが変わったならいいことやけど、あんまり幻想は抱かんほうがええで」

鼻で笑われ、ロジエはぷくぅと頬をふくらませる。

リイナはロジエの頬をつんと突《つ》き、空気を無理やり排出させて頬をしぼませると、「そんな怒らんでよ」とくつくつと笑った。

「とにかく、無理はせんでってこと。せっかくうちら仲良くなったんやから、あんたが倒れてこの仕事やめたりしたら悲しいやん?」

ロジエは納得がいかないが、それでもリイナが気遣ってくれているのもわかった。

「……わかったデスよ、気をつけるデス」

心配してくれてありがとう、とロジエは素直に礼を言う。

リイナはにっこりと微笑《ほほえ》み、ロジエの頭をいい子いい子となでてくる。

「……子供扱いはやめてほしいデス。歳《とし》は同じデスよ？」

「あ～ごめんごめん、小さいからついね」

リイナはぺろっと舌を出す。

ていうか――とそのまま窓の外を見やる。

「うわさをすれば、あんたの推しが今日もがんばっとるで」

言われて外を見ると、中庭に人影がふたつ。

ひとりはロジエの主である〝黒豚王子〟こと第一王子ブラット。

もうひとりは軽薄そうな笑みが特徴的な長身の男――名誉騎士として騎士団に籍を置いている英雄〝魔神殺し《デモンスレイヤー》〟のグラッセ・シュトレーゼマンだ。

二人は早朝から剣戟の音を激しく響かせ、稽古《けいこ》をしている。

一週間前から様子が変わったブラットは、突如グラッセに弟子にしてくれるように頼み、ここ一週間毎日こうして早朝に稽古をつけてもらっているのだ。

「一日でやめるかと思ったけど、もうなんだかんだ一週間。よーやるわ。ていうか、そもそもグラッセさまもよー付きあっとるわ」

グラッセは大陸屈指の戦士である一方、つかみどころのない気分屋な性格で有名だ。

面倒なことには首をつっこまないで楽して生きるというのが性分らしく、この王宮に身を置いているのも衣食住が用意されるからだと聞いたことがある。

だからこそ、ブラットの師を引きうけたのは意外だった。

単なる気まぐれか、あるいはブラットになにか才能を見出《みいだ》したのか。

「しっかし、ブラットさま相変わらずひっどい顔しとるな。ロジエ……あんたあれをほんまに推せるん？　さすがにきつくね？」

リイナはブラットにまるで汚物を見るような目を向け、ロジエにそう訊《たず》ねてくる。

傍目に見てもグラッセとブラットには信じられぬほどの実力差があり、ブラットが終始グラッセに遊ばれているようにしか見えなかった。

ブラットは必死にグラッセの動きについていこうとするものの体がそれに追いつかない様子で、奇妙な踊りでも踊っているかのような動きになってしまっている。おまけに汗だくでその苦しげな顔はいまにも倒れてしまいそうだ。

こんな調子でいつも稽古しているため、周囲の貴族やリイナをふくむ使用人たちはその姿を滑稽《こっけい》だといつもあざ笑っていた。

だが――

「……かっこいい」

ロジエはそう思っていた。

どう見ても苦しくてたまらない様子なのに、それでもブラットは一週間ずっとグラッセとの稽古を継続している。そのひたむきさは素直に尊敬できるし、全身の贅肉《ぜいにく》を揺らしながら必死に動くその姿がかっこよくさえ見える。

さいきんのブラットはものすごく理知的で、その考えは海よりも深い。

だからこそ息を切らして必死にがんばるその姿にギャップを感じ、尊く思えるのかもしれない。

おまけにここ一週間ずっと厳しい稽古に耐えているせいか、顔や体型がシュッとして凛々《りり》しくなってきたような気もする。

「え……ロジエ、あんたなんでほっぺた赤くしとるん？」

「あ、え⁉　赤くなってるデス⁉」

リイナに指摘され、慌てて自身の頬《ほお》に触れる。

頬が妙に熱くなっていることに気づく。

リイナは頬をりんごのようにそめるロジエを驚愕《きょうがく》と呆れのいりまじった顔で見やり、「こりゃ重症やわ」と肩をすくめた。


「……ん、あれ？　アルベルトさま？」


しかしそこで、ロジエは中庭に第二王子アルベルトの姿を発見する。

貴族からも民衆からも褒めそやされるイケメン王子は、侍女を数人引きつれて中庭を横切ると、なにやらブラットに話しかけている様子だ。

（いったいなにを話しているデスかね？）

二人が話しているのは見たことがないが、あまり仲はよくないといううわさだ。

大丈夫だろうか、とロジエは眉をひそめた。

2

「ハア、ハア……うおおおおおっ‼」

時間は少し巻きもどり、王宮の中庭。

息も絶え絶えになりながら、ブラットは目の前の戦士に打ちかかる。

だが目の前の軽薄な笑みを浮かべた長身の戦士——英雄〝魔神殺し《デモンスレイヤー》〟ことグラッセ・シュトレーゼマンは動いたかすらわからないぐらいの必要最小限の動きだけで、ブラットの渾身《こんしん》の剣撃を完璧《かんぺき》に避けきってみせる。

見切られているというレベルではない。

彼には自分の動きが何一〇倍にもスローモーションに見えているのだろうと確信してしまうほどの圧倒的な力量差——いや、ステータスの差を感じた。

「一週間前に比べたら進歩したけど……まだまだ、並の騎士程度だね～☆」

グラッセは午後のティータイムの最中であるかのように余裕しゃくしゃくな様子でつぶやいたかと思うと、空間転移したような速さでブラットのふところに突如出現し、その額にでこぴんを入れる。

ブラットはたったそれだけで思いきりぶん殴られたかのようにふっとび、中庭の芝の上にごろごろと球のように転がった。

（ハア……死ぬ、まじで死ぬぞこれ。昔の少年マンガでは強くなるためにつらい修行を乗りこえるってよくあったけど、もうそういうの流行《はや》らないだろ）

グラッセは性格やバックグラウンドに難があり、『ファイナルクエスト』作中でも魔王討伐には協力的ではないという癖のあるキャラだ。

しかし、その実力は本物。

間違いなく、作中最強キャラの一角である。

レベルにすれば七〇オーバーであり、平均的なゲームクリア時の勇者パーティーのレベルが五〇前後であることを考えると勇者よりも強いと言える。

（この人に転生できていればなあ……）

そんな最強の戦士相手に最弱レベルのブラットが稽古をつけてもらえば、このように地獄の特訓となることは当然と言えば当然だろう。

しかしいまは我慢のときである。

このドMが大喜びしそうな地獄の特訓は、現状でもっとも効率のいいレベリング手段であることはもちろん、それ以外にもいくつもの恩恵があるのだから。

この地獄の特訓の恩恵は、簡単に述べると三つ。

ひとつが——ダイエットだ。

痩《や》せなければならないとわかっていても、自分の意志で運動を継続するというのは難しいこと。ある程度、運動の継続に強制力を持たせる必要がある。

グラッセに弟子にしてもらい、毎朝稽古をつけてもらうように頼んでしまえば、強制的にそれがルーティンになるだろうと思ったのだった。

もうひとつが——レベルシステムの検証だ。

強くなるにはあらためてこの世界にゲームシステム——特にレベルシステムの部分がどの程度適用されているのかを再確認する必要があった。

そのためにはこのグラッセとの稽古は最適だったのだ。

グラッセという圧倒的強者《つわもの》との稽古を続ければ、ブラットは低レベルの人間が通常では手に入れられるはずのない膨大な経験値を得られる。

低レベルの人間が膨大な経験値を手にすればどうなるか。

一気にレベルがあがる。

グラッセとの稽古でレベルが急激にあがり、それによってステータスの急上昇を実感できれば、レベルシステムが『ファイナルクエスト』準拠だと確信できるわけだ。

（やっぱり……レベルシステムは間違いなくあるな）

そして検証の結果、やはりレベルシステムが存在するのは明白だった。

グラッセとの稽古を始めた初日から、ブラットの体は淡い光を放つこと――レベルアップのエフェクトを放つことが度々あった。

そして一回や二回のレベルアップの時点でこそあまり実感できなかったものの、一週間が経《た》ってみるとブラットの体のキレの違いは明白だったのだ。

一〇回程度のレベルアップを経験したいま、一週間前とくらべて別人のように体が強靭《きょうじん》になっている。力、耐久、速さ、器用さ、魔力――それらすべてのステータスがブラット自身が実感できるほどに明確にあがっているのだ。

まだまだグラッセにはまったく歯が立たないし、いまも見物する使用人たちに嘲笑《ちょうしょう》されていることからわかるように、傍から見れば相変わらず無様にぼこぼこにされつづけているのだが、その実、少しずつグラッセの動きに体が追いつくようになってきている。

これまでまったく運動すらしてこなかったデブが、いきなりこれほど動けるようになるなんて以前の世界の常識ならば間違いなくありえまい。

（レベルシステムさまさまだな）

具体的にはいまのブラットはレベル一五、六には達しているはずだ。

これはグラッセも指摘したとおり、そのへんの魔法騎士と同程度である。つまりは先日あれほどに遠い存在に思えた魔法騎士——あくまでも下級の騎士程度だが——に近い実力を手にできたということになる。信じられないほど大きな進歩である。

（……他人の強さも魔力の大きさでなんとなくわかるから、レベルやステータスをゲームみたいに数値化して表す道具や魔法なんてものも開発できそうだよな）

ふとそんなことを思いつき、あとで宮廷魔術師にでも相談してみようと決める。

とにもかくにもレベリングはこのまま順調にいきそうだ。

（にしても、いつになったらスキルを教えてくれるんだろう？）

弟子入りするにあたり、ブラットがそれに見合うと認められれば、グラッセからとあるスキルを伝授してもらえることになっていた。

そしてそのスキルの習得こそが、この地獄の特訓を受けている三つある目的の最後のひとつであり、同時に最大の目的だった。

『ファイナルクエスト』作中では、実はこのグラッセによる稽古を受けることでのみ習得できるエクストラスキルが存在するのだ。

それはふつうにゲームを攻略するうえでは不要なものなのだが、いまのブラットにとってはこれからさらに効率的なレベリングをするうえで必ず身につけねばならないスキルだった。

（いまのまま稽古を続けていればそれなりに強くはなれるが……グラッセがゲームのように延々と

稽古に付きあってくれるとも思えないしな）

なにしろグラッセは気まぐれだ。

そもそもなぜ彼が弟子入りさせてくれたのかも、いまいちわかってはいない。もちろん好物のコロッケを差し入れたり、できるかぎり媚《こび》は売ったのだが。

（……それに、この稽古《けいこ》にずっと耐えられる自信もない）

正直、稽古がここまでつらいものだというのは誤算だった。

『ファイナルクエスト』の作中では「そんなに教えてほしいの～？　しょうがないな～☆」とグラッセがその独特な口調で訊ねてきて、「はい」と答えると特訓ゲームが始まる。

それをクリアするとあら不思議、あっというまに報酬がもらえてスキルが身についているというものだった。まさか実際に受けるとここまできついとは。

「ねえ、いつまで休んでるつもり～？　ぼくもいろいろと忙しいなか、早朝にわざわざ時間をつくってあげてるんだけどな～☆」

明るくなりつつある早朝の空を地面から見上げてそんなことを考えていると、グラッセが呆《あき》れたように声をかけてくる。

「あ、いや……すみません。続けましょう！」

ブラットは慌ててそう答え、そのずんぐりとした胴体を起こして立ちあがる。

以前ならばこうしてすばやく起きあがることなんて絶対にできなかったので、成長したんだなと内心でうれしくなる。

ブラットは動けないデブから動けるデブへと見事に進化しつつあるのだった。

(体重も一〇〇キロから九〇キロまで減ったし)

『ファイナルクエスト』内の重さや長さの単位は、ほとんど前世のものと同じであり、魔力を用いた体重計まで存在する。

それで毎日体重を測っているのだが、一週間でしっかりと一〇キロ痩せていた。これだけ激しい運動を毎日続け、さらには食事制限もしている成果であろう。筋力も増えていることを考えると、脂肪はもっと落ちているはずだ。

(よし、順調順調!)

ブラットは自身が死亡エンドから遠ざかっていることを実感しながら、グラッセとの稽古を再開した。

そしてブラットとは犬猿の仲にある第二王子アルベルトが中庭に姿を現したのは、そんなときのことだった。

3

――アルベルト・フォン・ピシュテル。

ピシュテル王国の第二王子であり、ブラットの双子の弟である。

父である国王カストラルから銀髪と褐色の肌を受けつぐ兄とは異なり、アルベルトは母から金髪と白皙《はくせき》の肌を受けついでおり、高慢で嫌われものの兄とは対照的な人柄のよさもあいまって、絵に描いたような王子として平民貴族問わず人気だった。

そしてアルベルトのハイスペックさは見た目や人柄にとどまらず、学業・剣術・魔法ふくめてそのすべてでブラットを上回っていた。

第一王子、第二王子とは言っても、この国の王位継承権は、王の実子ならば長子も次子も同等。

そのため前述の実績もあって周囲はアルベルトが王になると思っていたし、不仲のブラットですらもそうなるだろうと確信していた。

しかし、物語には挫折《ざせつ》がつきもの。

『ファイナルクエスト』作中ではブラットが闇堕《やみお》ちし、闇の力で王位を手にしたため、アルベルトは国外へと一時追放されることになる。

ただしその後、冒険者として身分を隠して暮らしたのち、勇者の仲間となってピシュテル王国に帰還。勇者とともに見事にブラットを討ちとり、王位を奪還する。

とにもかくにもアルベルトはそんなドラマチックでイケメンで王子なキャラクターなため、特に女性ファンに人気が高いキャラだった。

だが一方で、前世の黒川勇人《くろかわはやと》はこのアルベルトが苦手だった。

嫉妬《しっと》というのもあるのだろうが、アルベルトは男からするとあざとすぎるのだ。

あまりにぶりっこな女性が同性に嫌われるのと同様に、あまりにあざといアルベルトは男の黒川勇人にはどこか受けいれがたいものだった。

作中では最後までそういう描写はないし単なる偏見ではあるのだが、腹黒さを隠しているような──そんな気がしてならなかったのだ。

もちろん不遇な暮らしを強いられた彼には同情するが、やはり苦手なものは苦手というのが黒川勇人のアルベルトへの印象だった。

そしてそんな偏見まみれの印象は──アルベルトの兄であるブラットに転生し、実際に彼と接してみて、かなりの割合で正しかったのだと知ることになった。


「グラッセさん、早朝から稽古おつかれさまです」

中庭で稽古していたブラットとグラッセのもとに近づいてきたかと思うと、アルベルトは輝くような王子スマイルでそうグラッセを労った。

アルベルトの姿を見て、近くで働いていた使用人がキャーと静かに黄色い声をあげるのが耳に入る。

（……ファイクエで見た顔だ）

一方でブラットはその王子スマイルのまぶしさに目を細め、前世のゲーム画面で見たアルベルトの王子スマイルを思いだし、あらためてなつかしさを覚えていた。

練兵場でも目にはしたものの、間近で見るとどこか感動を覚える。

しかしすぐに我にかえり、アルベルトに声をかける。

「アルベルト、いったいなんの用……」

「にしてもグラッセさん、ひどいじゃないですか。おれが稽古をつけてほしいと言ったときは断ったのに、兄上なんかに毎日稽古をつけてるなんて」

用向きを訊《たず》ねようとしたブラットの言葉をさえぎったばかりか、その存在を完全に無視し、アルベルトはグラッセに話しかける。

単にタイミングが嚙《か》みあわなかっただけのようにも見えるが、そのブラットへの棘《とげ》のある言葉といい、これはおそらくわざとだろう。

なにしろブラットとアルベルトは不仲だ。

幼少期にはふつうに二人で遊んだ記憶もあるのだが、なにがきっかけかいつからかアルベルトはブラットに冷たい態度をとるようになり、いまでは互いに顔を合わせればいがみあう犬猿の仲になってしまっていた。

どうしてこうまで関係がこじれたのかはブラットにもわからないが、そもそもアルベルトは怠惰で醜いブラットのことが気に入らなかった様子で、そんな嫌悪感がブラットにも伝わったことでさらに仲が険悪になった気がする。

とにかく顔を合わせるだけで場の空気が悪くなるので、周囲はもはや二人を会わせること自体を避けるようになっていて、練兵場で顔を合わせたのも相当ひさしぶりだったはずだ。

「いやあ、ぼくも最初は断ったんだけどね。でもブラットくんおもしろそうだったから、やってみてもいいかなって思っちゃったんだ〜☆」

「おれより、兄上との稽古のほうがおもしろそうだったと？」

軽薄な微笑で答えるグラッセに、アルベルトは相変わらずの王子スマイルを浮かべながらも、どこか引っかかった様子で食ってかかる。

アルベルトはブラットをすべてにおいて見下しているので、たとえしょせん稽古の相手としてであっても、ブラットが自分よりも優れている部分があると言われたのが気に食わないのだろう。

「うん、きみはつまらないし」

だがグラッセは一切の遠慮なく、そう即答した。

グラッセは悪い人間ではないものの、建前やお世辞みたいなものをほとんど言わない歯に衣着せぬところがあり、その言葉も思ったことを素直に言っただけなのだろうが、場の空気は一瞬で完全に凍りついてしまった。

ブラットは特になにも言わずにあちゃーと肩をすくめ、アルベルトの侍女たちはどうしたものかと顔を見合わせてあたふたしている。

だがそこは人柄がいいと評判の王子アルベルトだ。

いかに苛立《いらだ》つことがあったとしても、そう簡単には顔に出さない。得意の王子スマイルできれいな白い歯を見せ、笑いとばした。

「ハハハ、それはショックだなあ！　兄上よりはおれのほうが剣術に関しては上だと思っていましたが、自身の力を過信していたのかもしれません」

「剣術に関しては……いや、すべての能力において、現時点ではきみのほうが数段上だね～☆　それは間違いない。ぼくが保証するよ。だけどきみはすでに完成されているし、ぼくが稽古をつけるまでもなく勝手に強くなるだろうから」

「現時点では？　いずれは……そうではないと？」

「うん、そうではない。だからやっぱり、ブラットくんのほうがおもしろそう。正直、圧倒的にね。それだけのことさ～☆」

せっかく空気を戻そうとしたアルベルトだったが、このグラッセという男は空気を読む気がまるでない。むしろアルベルトを煽《あお》るのを愉しむようにつらつらとそんなことを述べるものだから、ブラットはやれやれと呆れるしかない。

アルベルトは顔をしかめ、ふたたび微妙な空気が場に流れた。

「それはともかく我が弟よ、いったいなんの用なんだ？」

これ以上面倒くさい空気になるのもアレなので、ブラットは口をはさむ。

前世では陰キャぼっちでありつつも場の空気を読む力には長《た》けており、職場ではディレクター業務をこなしていたのだ。場をとりなすスキルには自信があった。

「ああ……兄上いたのか、気づかなかったよ。そんなにもでかい図体《ずうたい》をしているのに、魔力があまりにも少なくて希薄なせいかな」

アルベルトは嘲笑《ちようしよう》まじりに鼻をならし、ちらとブラットに目を向ける。

さいきんは同じ場にいても互いにいないものとして無視するというのが二人の暗黙の了解になっていたので「なに話しかけてんだコラ」という様子だ。

「別にこれといった用はないんだけど、あのグラッセさんがあろうことか兄上に稽古をつけていると聞いたものだから気になってね」

「そんなに稽古がしたいのなら……一緒にするか？」

ブラットはふとそんな提案をしてみる。

死亡エンドのことを考えると、アルベルトとは間違いなく仲直りしておいたほうがいい。そのきっかけをここでつくれないかと思ったのだ。

「ハハハ、おもしろい冗談だね！　兄上にはなんの才能もないと思っていたが、まさかユーモアの才能があったとは。いや、単になにも考えていないバカなだけか。でなければ、おれが兄上なんかと一緒に稽古をするわけがないとわかるだろうに。そもそも実力が違いすぎる」

しかし、アルベルトは小馬鹿にしたように嘲笑する。

（まあしかたないよな）

ブラットには仲直りする理由があるが、アルベルトにはない。ついこの前までいがみあっていたのに、急に歩みよるなんてできるわけもあるまい。

しかしいつかは仲直りせねば、とブラットが考えていると――


「……でもま、いいよ。稽古《けいこ》しようじゃないか」


アルベルトは急にそう言い、ニヤリと不敵な微笑を浮かべた。

え？　とブラットは眉《まゆ》をひそめる。

「まあ稽古とは言っても、試合形式でだけどね。兄上はグラッセさんに稽古をつけてもらっているんだ。こちらが胸を借りることになるだろうけど」

「し……試合形式？」

思わぬ提案に焦るブラット。

アルベルトの『ファイナルクエスト』における初期レベルは三五。それはグラッセのような異質な存在をのぞけば、人類としては相当上位の強さだ。

あくまでも四年後のレベルではあるが、すでにかなりの力は持っているはず。レベル一五程度のブラットがかなう相手ではない。

仲直りのきっかけをつくりたいのは山々だが、正直まともにやりあってもぼこぼこにされるだけなので、試合形式はさすがに気が進まなかった。

「試合形式はさすがに……」

「それはおもしろそうだね、ぜひ見てみたいなあ～☆」

しかしブラットが断ろうとしたところで、気まぐれなグラッセがそんなことを言いだす。

「ほら、師であるグラッセさんもこう言っている。決まりだね」

ブラットの答えを待つことなく、アルベルトは微笑とともに剣を構える。

さっさとブラットをぼこぼこにしたくてたまらないようだ。

「え、あ、いやでも……」

「アルベルトくんに勝ったら、あのスキル教えてあげようかな～☆」

いまだ尻込《しりご》みするブラットだが、グラッセのそんな言葉を聞くと、迷うように口をぱくぱくさせたあと頭を激しくかきむしる。

（うわあああ……やりたくないけど、スキルは教えてもらいたい！）

スキルはなんとしても教えてもらいたい。

いや、教えてもらわねばならない。

もちろん、勝てる可能性はかぎりなく低い。

だが、ゼロではない。

となれば、チャンスをみすみすふいにはできない。そもそもこの戦いからはもはや逃げられそう

もないし、観念するしかなさそうだ。

「……わかった、わかりましたよ」

渋々ながら剣に手をかけるブラットであった。

4

「それじゃ試合を始めようか〜☆」

グラッセはブラットとアルベルトのあいだに立ち、いつもの軽薄な笑みとともにどこか間の抜けた口調でそう言った。

「……あっ☆　すぐには決着がつかないかもしれないから、一応は朝課の鐘が鳴るまでが制限時間ね！　それで決着がつかなかったら引きわけで〜☆」

「制限時間など不要ですよ、一瞬で終わりますから」

アルベルトは断言し、自信満々に剣を構える。

「うん、そうかもしれないし、そうでないかもしれない。まあ危なそうだったらぼくがとめるから、お互い手加減なしで相手を殺す気でやるように☆」

もしとめられなかったらメンゴ☆　とグラッセが本気か冗談かわからないとんでもないことをのたまうものだから、ブラットは冷や汗がとまらない。

（いや、とめてくれなかったら俺死ぬんですが……）

ブラットは剣を構えながら顔を強張らせる。

レベルシステムというのは一見しただけで実力がわかるというメリットがある一方で、そのぶんはっきりと力の差を表す残酷な指標だ。レベルが五も違えばあきらかな力の差が生まれるし、一〇も違えばもはや大人と子供ぐらいの力の差がある。

ブラットの現在のレベルは推定一五。

アルベルトのレベルは四年後で三五だったから、現在は二五くらいだろうか。つまりは二人のあいだには、大人と子供ほどの力の差があるはず。

アルベルトは完全にこちらを殺す気で来ると思うので、もしもグラッセがとめに入ってくれなければ、当然ブラットは死ぬことになる。

「ブラットさまがんばってくださいデ～ス♥」

死にたくないから逃げようかな、などと弱気なことを思っていると、いつのまにか見物に来ていた専属侍女ロジエの声が耳に届いた。

そのかわいらしい声を聞き、気を取りなおす。

なにしろ前世は彼女のかの字もなかった喪男である。かわいらしい女の子にこのように応援されれば、否応なしにやる気が出てくる。

（弱気になっててもしかたないか）

負けると決まったわけではない。

圧倒的なステータス差はあるが、勝負というのはレベルの高低だけで決まるわけではない。特にこういった対人戦は相手に最小限のダメージを与えられる力さえあれば、テクニック次第でいくらでも挽回《ばんかい》できる可能性がある。

要はこちらがダメージを与え、そして相手からはダメージを受けなければいいのだ。そうすれば理論上はいつかは勝てる。

（ま、理論上は……だけど）

とにかく現在のアルベルトが四年後の彼よりも少しでも弱いことを祈るしかない。そんなふうにブラットが腹をくくった――その、直後。


「……はじめっ☆」


間のぬけたグラッセの合図により、圧倒的ステータス差のあるブラットとアルベルトの兄弟対決の火蓋《ひぶた》が切られた。

「……！」

さきに動いたのはブラットだった。

対人戦の開始直後というのはだいたい互いに見合って様子を見るところから始まるため、意外と問答無用で突っこんでいくと不意を打てたりする。

そのような浅はかな知識をふと思いだし、先制攻撃をしかけようとしたのだ。

しかしブラットが剣を振りかぶるその前に――

(……はっや⁉)

すでにアルベルトの剣が横薙《よこな》ぎにこちらへとせまっていた。

あまりに敏捷《びんしょう》ステータスに差があるため、ブラットがさきに動いたというのに攻撃が届く前に先攻後攻が入れかわってしまったようだ。

(いや、重すぎるっ⁉)

しかも速いだけではない。

どうにかそれを受けることには成功したものの、想像の何割増しかでアルベルトの攻撃は重かった。あまりの衝撃に腕がしびれる。

しかも攻撃はそれで終わらない。

アルベルトの追撃がすぐにブラットに襲いかかる。アルベルトはまるで親の仇《かたき》を相手にしているかのように、執拗《しつよう》に連続で剣撃を放ってくる。

(これっ……あきらかに二五超えてるだろ!)

現世でこれまで出会ってきた人間と、前世の記憶にあるキャラクターのレベルを照らしあわせることで、他人のレベルをある程度推しはかることができるブラットだが、あきらかに目の前のアルベルトの強さはレベル二五を超えている。

たぶんレベル三〇近くはあるだろう。

つまりいまのアルベルトはすでに四年後のゲーム登場時のアルベルトと大差ない強さを持っていることになるが、これはどういうことだろうか。

（いや、そうか……レベルが高いからか）

ふと、自分の考えの穴に思い至る。

四年もあればいまより強くなるはず——そんなのは前世の常識であって、このレベルシステムで成り立っている『ファイナルクエスト』に酷似したこの世界には必ずしも適用されない。

レベルアップには経験値が必要だ。

そしてレベルがあがればあがるほど、レベルアップに必要な経験値量は増える。アルベルトのレベルは平均的な人間のそれとは一線を画すほどの高さのため、そのぶんレベルアップには大量の経験値が必要になる。

そんな大量の経験値を得られるほどの強敵なんてそうはいない。三〇レベル前後となると、ゲームではそれこそちょっとした竜種のモンスターと戦っている頃《ころ》だ。旅にでも出なければ、そういったモンスターと出会うことはまずない。レベルが四年後とほぼ同じだとしても不思議ではないのだ。

（現実となるとモンスターを狩るにしても命がかかっているわけだし、効率いいレベリングのやりかたなんて知るよしもないからな。その点、俺はそこらへんを熟知しているし、圧倒的にアドバン

テージがあるわけだけど）

これから順調に最強への道を駆けあがりたいところである。

とはいえ、まずは目の前の戦いだ。

（なんにしろ、我が弟ながら一四歳でこの強さとは末恐ろしい）

自身が操作しているときは忘れがちだが、ゲームの主要キャラというのはなんだかんだ国や世界を救うような英雄だ。これぐらい桁外《けたはず》れの才能を持っていて当然なのだろうが、現実として出会ってみると信じられない強さだ。

まさに、天才。

そうとしか言いようがない。

「ほらほら、兄上も攻撃をしかけてきたらどうなんだい!? 防戦一方じゃないか！ グラッセさんに師事してもその程度なのかい？」

そんなことをのんきに考えているあいだにも、アルベルトは余裕の哄笑《こうしょう》とともにその類まれな剣技でブラットを攻めたててくる。

（こいつ……しかけたくてもしかけられないのがわかってて煽《あお》ってやがるな）

ブラットは歯噛《はが》みしながらも、針に糸を通すような正確さでアルベルトの攻撃を淡々と——そして的確にさばいていく。

攻撃は最大の防御という言葉があるが、アルベルトの攻撃はまさにそれだった。その苛烈《かれつ》な攻撃のせいで、ブラットがしかける隙が一切ない。もしも下手《へた》にしかけようものなら、逆にカウンターをくらってその時点で敗北が決定する状況なのだ。

アルベルトが疲弊するまで待つことができれば、あるいはブラットがしかける隙も生まれるのかもしれないが、それは無理だろう。

ほかのすべてのステータスと同様、ブラットの体力はアルベルトよりもやはり数段劣る。アルベルトの体力が尽きる頃には、ブラットの体力はとっくに尽きているはずだ。

（あれ、これ勝ち目なくないか……？）

怒涛《どとう》の連続攻撃をどうにかこうにか受けながしながら、ブラットは丸々と太った顔面をブサイクに引きつらせて苦笑する。

……いや、元よりブサイクではあるのだが。


「やば……アルベルトさますごすぎやん⁉」

ふだん目にすることのないアルベルトの常人離れした剣技を見て、ロジエとともに見物に来ていたリイナが感嘆の声をあげた。

「ほんまイケメン。とにかく顔がいいし、こりゃ推せるわ。ていうか、これって勝負になっとるん？　もうアルベルトさまの勝ち確やん」

「そ、そんなことないデス！　まだこれからデスよ！」

ロジエは慌てて主を擁護するが、その言葉は自信なさげであった。戦いが圧倒的にアルベルト優勢で進んでいるのは誰《だれ》の目にも明白だったからだ。

「そんなことあるやろ。ブラットさまはアルベルトさまの剣を受けながすのがやっとで、自分から仕掛けられてすらないやん。防戦一方ってやつ。どうあがいても負け決定ちゃうん？　さっさと降参せんとケガするで」

「そうでも……ないかもよ☆」

リイナの言葉に口をはさんだのは、グラッセだった。

二人の侍女のあいだに生えてきたかのように、グラッセはにょきっと姿を現す。

「あ、え、グラッセさま……!?」

その奇妙な登場のしかたに驚いたというのもあり、いきなり大陸最強クラスの英雄に話しかけられたというのもあり、あわてふためくリイナ。

「そうでもないって……どういうことデス？」

一方でロジエは取りみだすことなくその言葉の真意を訊《たず》ねる。ロジエにとってはなによりも主のことが一番大事なのだった。

グラッセはブラットとアルベルトの攻防を見るようにと視線でうながし、

「確かにあの二人には、大人と子供みたいな圧倒的な力の差がある。それこそ一瞬で勝負がついて当然ぐらいの信じられない差がね☆　だけどいまだに勝負はついていない。こんなのふつうじゃ絶対にありえないことなんだよね～☆」

「それって、ただブラットさまの運がいいだけやないんですか……？」

平静を取りもどしたリイナが首をかしげる。

「何度も運だけで避けられるほど、アルベルトくんの攻撃は甘くないよ☆　とにかくブラットくんにはこのぼくですらつかみきれない……得体のしれないなにかがある。だからこの勝負、最後の最後までわからないと思うんだ～☆」

英雄〝魔神殺し《デモンスレイヤー》〟グラッセは愉しげに笑う。

ブラットに向けられたいつものその軽薄な笑顔には、しかしどこか最高の好敵手に出会った戦士のような猛獣のごとき瞳《ひとみ》が爛々《らんらん》と輝いていた。


「くっ、なぜだ……なぜ当たらない⁉」

最初こそ余裕の様子でブラットを煽っていたアルベルトだったが、攻撃が一度も通らないことで苛立《いらだ》ちと焦りを隠せぬ様子だった。

それはそうだろう。

これまでアルベルトはその圧倒的な天賦の才で目の前の敵を一瞬でねじふせてきただろうし、それをまともに防がれたこと自体ほぼなかったはず。それをあろうことかずっと見下してきた兄に完封されているのだから。

だがブラットはそんなアルベルトの様子に気をとられることなく、ただアルベルトの攻撃をさばきつづけることに集中していた。

（やっぱり……攻撃パターンはファイクエと同じだ）

圧倒的ステータス差があるにもかかわらず、ブラットがアルベルトの攻撃をさばきつづけられているのには、実はからくりがあった。

『ファイナルクエスト』の戦闘における物理攻撃はキャラによってコンボの数とパターンが決まっており、アルベルトにも当然のごとくそれがあてはまる。ゲームを周回プレイしたブラットは、アルベルトのコンボがすべて頭に入っていた。

そして目の前のアルベルトもそのコンボにしたがって攻撃を放ってきていたため、次にどんな攻撃が来るか、ブラットはあらかじめ完璧《かんぺき》にわかっていたというわけだ。

いかにステータスに圧倒的な差があれど、どこにどのような軌道で攻撃が来るかわかっていれば、前世で『ファイナルクエスト』プレイ中に養ったブラットのテクニックをもってすれば攻撃を受けながすのは比較的容易だった。

もちろん、稽古《けいこ》開始当初はまったく体がついてこなかったので、ある程度レベルが上昇して激しい動きに体が慣れてきたいまだからできる芸当だが。

（Bパターン……左からの横薙ぎの一撃、右下からの斬りあげ、縦の振りおろし、ターンして再度袈裟《けさ》がけの大ぶりの振りおろし）

直後。ブラットが予想したのとまったく同じ動きで、アルベルトはふたたび攻撃をしかけてくる。

ブラットはそれを冷静に紙一重で受けながしていった。

そのあまりの的確さに見物するグラッセや使用人たちが、小さな歓声をあげる。

いや、約一名――ロジエだけは「ブラットさますごいデース♥♥♥」と跳ねながら全力で歓声をあげているが、それは例外として。

「ハア、ハア……」

だが、ブラットの体力はそろそろ限界に近づいていた。

苛烈な攻撃を受けながすにはそれだけ体力も使う。必要最小限の動きで済ませてはきたが、これ以上の戦闘継続は困難だった。

（しかたない、一撃に賭けるしかないか）

ブラットは試合開始当初からアルベルトの攻撃を受けながしつつも、どうにかこちらから一撃をくわえられるチャンスはないかと隙をうかがっていた。

そして戦いのなかで、すでにその隙を発見していた。

一方で隙を見つけたとはいっても、アルベルトのステータスはブラットのはるか上。もし隙をねらって攻撃しても、チャンスをものにできなければその瞬間に強烈なカウンターをもらい、逆にブラットの敗北が決定する。

だからこれまでのらりくらりと攻撃をしのいできたのだが、体力が切れかけているいま、もはやそのワンチャンスに賭けるしかなかった。

ブラットがそう決意したところで――

「いい加減……しつこいんだよッ！」

アルベルトが気合いの声とともにふたたび攻撃をしかけてくる。

（Dパターンだ……左上からの袈裟がけの斬撃、体をひねってふたたび右上から、そのまま左下からの斬りあげ、大きく回転して上段からの振りおろし）

斬撃はやはりすべてパターン通り。

ブラットはこれまでと同じくそれらを冷静にさばいていく。

そして最後の上段からの斬撃を後方へのステップで避け――


（……いまだッ！）


直後。勢いよく地面を蹴《け》り、アルベルトへと横薙《よこな》ぎの斬撃を放つ。

現状でのブラットの最高の一撃だった。

アルベルトは瞬時にそれに気づいたものの、すぐには動けない。

コンボ後には必ず大きな硬直時間が発生する。ブラットはそこをねらったからだ。

「……!?」

しかしブラットの攻撃が届く寸前、アルベルトはその人並み外れた敏捷《びんしょう》ステータスをいかんなく発揮し、なんと硬直をぎりぎりで解いて剣を動かしはじめた。

ブラットの攻撃が届くのがさきか、アルベルトが防ぐのがさきか、本当に紙一重のぎりぎりの勝負に持ちこまれてしまう。

そして――

（あ……終わった）

勝ったのは、アルベルトだった。

すんでのところでブラットの剣は弾かれ、アルベルトには届かない。

ブラットのねらいは完璧すぎるほどに完璧だった。けれどアルベルトとの尋常でないステータス差のため、ぎりぎりで引っくりかえされてしまった。

おそらくブラットのレベルがあとひとつかふたつ上だったのなら結果は違ったはずだが、現状ではアルベルトに軍配があがったようだ。

（まずい、死ぬ……！）

ブラットは大きく後方にのけぞるように体勢を崩し、これまで見せなかった大きな隙を見せてしまう。その隙をアルベルトは見逃さない。

「フハハハハッ！　兄上、終わりだっ！」

勝ちを確信して、哄笑とともに剣を振りおろすアルベルト。

体勢を崩したブラットにはその斬撃を避けるすべはなく、ついにアルベルトの剣がブラットをとらえ——だが、その寸前だった。

——ゴーン、ゴーン。


朝課の鐘の音が、王宮に響きわたる。

そしてそう思ったときには、ブラットの眼前には師匠グラッセの姿があって、アルベルトの剣の切っ先をなんと指先一本で受けとめていた。

「うん、終わりだねっ☆　試合終了☆」

グラッセのそんないつもの軽薄な声で、命の奪いあいが行われていたかのように張りつめていた場の空気が嘘《うそ》のようにゆるむ。

(助かった……)

ブラットはホッと胸をなでおろし、その場に尻《しり》もちをついた。

とめてくれるとは思っていたものの、さすがに死ぬかと思った。グラッセという男はまったく読めないので、万一の事態になる可能性もあったろうし。

「グラッセさん、試合の結果は……!?」

アルベルトが食いぎみに訊ねる。

確かに朝課の鐘の音とともにとめられ、試合の勝敗があやふやだった。

ブラットはさすがに自分の負けだろうと思っていたのだが――

「引きわけだね、鐘のほうが早かったし☆」

グラッセはそう即答した。

決着よりも試合終了の鐘の音のほうが早かったという判断らしい。アルベルトには申し訳ないが、負け確だったブラットからすると正直ラッキーであった。

「え、待ってください……最後の攻撃が通っていれば、あきらかにおれの勝ちだったはずだ！　これで兄上なんかと引きわけなんて納得できない！」

「通っていれば……アルベルトくんの勝ちだったね。でも、通ってない。だから引きわけだ。ルールはルールだからっ☆」

「ぐっ……」

アルベルトは悔しげに歯を食いしばり、なにか反論したそうに口を開いたものの、やがてあきらめたようにうなだれた。

「さてブラットくん、きみは本当に末恐ろしい子だねっ☆」

それからグラッセは尻もちをついたままのブラットに歩みより、手を差しのべた。ブラットは素直に手を借り、よっこらせと体を起こす。

「え、あ……はい、ありがとうございます」

よくわからないが、とりあえず褒められたことはわかったので礼を言う。

「きみは最後の最後にだけ勝負をしかけたね……それはなぜだい？」

「ああ、それは――」

体力がなかったのでやけくそでした、とブラットが続けようとすると、しかしその前にグラッセが首を振って手でブラットを制した。

「いや――言わなくていい、わかってるよっ☆　きみは試合のなかでアルベルトくんの致命的な隙をとっくに見抜いていた。一方でアルベルトくんとの力量差から、もしも一度でチャンスをものにできなければ、逆に敗北のきっかけをつくることにも気づいていた。だから最後の最後に一度だけ、勝負をしかけたのだろう？　もしも隙をつくることに失敗して反撃されたとしても、試合終了の鐘の音がこうして自身を助け、勝負を引きわけにしてくれることを知っていたから」

「ああ、そう……って、え!?　はい!?」

途中まではそのとおりだが、よくわからない話が追加されていた。

当惑するブラットの肩をグラッセはドンと叩《たた》き、ハハハと愉しげに笑った。

「とぼけなくてもいいよ～☆　アルベルトくんとは圧倒的な力量差があったにもかかわらず、きみにとって実は、この勝負に負けはなかった。勝つか引きわけるかの二択だったというわけだ！　残念ながら引きわけに終わったけれど、それでもアンビリーバボー……この力量差でお見事としか言いようがないっ！　あっぱれだよっ☆」

グラッセが拍手をしはじめ、ロジエも「さすがです、ブラットさま！」とうさぎのようにぴょんぴょん跳ねてよろこんでいる。

アルベルトですら「まさかそこまで考えていたのか……くそっ！」と歯を食いしばり、死ぬほど悔しそうにしていた。

（すごい勘違いされているのですが……）

ブラットは単にやけくそで勝負を仕掛けただけだったのだ。

にもかかわらず、みな深読みして完全に勘違いしてしまったらしい。

（まあ、いいふうに勘違いされるぶんには問題ないか）

ブラットが無理やりそう納得したところで、アルベルトがこちらに背を向けてそそくさと立ちさろうとしているのが見えた。

「おい、アルベルト待ってくれよ！」

試合が望んだ結果にならずにさっさと立ちさりたくなる気持ちは大いにわかったが、ブラットはあえてアルベルトを呼びとめた。

「……ちっ、なんだよ？　確かに今回は兄上のずる賢い手に一泡吹かされたことは認めるが……おれは負けたわけじゃない！　あんまり調子に乗らないでくれ！」

アルベルトはブラットに煽《あお》られるとでも思ったのか、一気にまくしたてるように言った。

ブラットはそんな弟に苦笑しつつ、

「いや……力とか速さとかに関しては完全に負けていたし、引きわけたぐらいで調子には乗れないだろう。ただ、我が弟ながらアルベルトはやっぱりすごいなってあらためて思ったから、それを伝えておきたくてな。あまりに隙がなさすぎて全然こちらから攻撃をしかけられなかった。おまえがよかったらだけれど、また稽古《けいこ》の相手をしてくれよな」

前世からのコミュ力のなさが響いてぎこちなくなってしまった感は否めないが、ブラットはできるかぎり笑顔でそう声をかけた。

しかしアルベルトは「……ちっちっちっ！」と見事な三連舌打ちだけを残し、さっさと中庭から去っていってしまった。

（……やれやれ、本当にツンな弟だ）

しかし初日はこんなものだろう。

いずれはどうにか仲直りし、死亡エンドの確率を少しでも下げたいところだ。

「あっ、そういえばグラッセさん……スキルは!?」

アルベルトに勝ったらエクストラスキルを教えてもらうという約束があったことを思いだし、ブラットはグラッセに視線を向ける。

勝てはしなかったが、引きわけにまでは持ちこんだ。どうにかこうにか奇跡的に教えてくれたりしないかなあと思ったのだ。

「う～ん、どうしようかな☆　勝ったらって約束だけど、いいものを見せてもらったのは確かだし……じゃ、教えちゃおっかなっ☆」

「え、本当ですか⁉」

食えないグラッセのことだから絶対に教えてくれないだろうと思っていたのだが、予想外の答えに驚きを隠せない。

だがグラッセはこくりとうなずき、あらためてブラットにスキルを伝授することを認めた。本当に教えてくれるようだ。

「よっしゃあああああああっ‼」

ガッツポーズとともに跳ね、全身の脂肪を躍動させるブラット。

稽古と試合のつかれも一瞬で吹っとんだ。

まるで決勝点を決めたサッカー選手のようなよろこびかたではあったものの、いまだ黒豚王子のデブス具合は健在でさらには汗だくだったため、大好きなアイドルのライブで鼻息荒く興奮してしまった限界デブオタクのようにしか見えないのはご愛嬌《あいきょう》。

なんにしろ――
またひとつ、しっかりと死亡エンド回避へと前進したブラットなのだった。

三話　黒豚王子は修行する

1

「おや……殿下、遠乗りですかな?」

ある日の午前――ブラットが大きな麻袋をかついで王宮を歩いていると、執事長のエイバスが気軽な調子で声をかけてきた。

「ああ、ちょっとそこらの山までな!」

「ほほ〜う、それはよきかなよきかな!　さいきん殿下がどんどん聡明《そうめい》でご活発になり、この爺《じい》も感無量ですぞ!　くれぐれもお気をつけて行ってらっしゃいませ!」

笑顔で礼をするエイバスに片手でこたえ、ブラットは跳ねるような足取りで竜舎へと歩を進める。

『殿下、おはようございます!』

『ブラットさま、ご機嫌うるわしゅう!』

『本日も凛々《りり》しいお姿でなによりです!』

侍女、執事、文官、騎士――さまざまな役職のものたちとすれちがい、そのたびに深々とした礼とともにそんな元気な声をかけられる。

そしてブラットはそれぞれにできるかぎり笑顔でこたえ、気の利いた言葉を返していく。

（……こんなの、記憶が戻る前じゃ考えられなかったよなあ）

自身の進歩を感じ、しみじみとするブラット。

すでにブラットが前世の記憶を取りもどしてから二週間、そして中庭での弟アルベルトとの試合からは一週間が経過していた。

その二週間でのこまめな挨拶《あいさつ》や気配りといった努力が功を奏し、さらにはアルベルトと試合をして引きわけたといううわさが使用人たちを中心に広まり、王宮のものたちからのブラットの評判はあきらかに上向きつつあった。

最初は皆、突然優しくなったブラットにおっかなびっくりといった調子で接してきたのだが、ブラットがそれでも根気強く優しく接しつづけたため、ここ数日は皆ふつうに接してくれるようになっている。

散々悪行を重ねてきたにもかかわらず、正直ありがたい。

まあ悪行とは言っても父である国王の抑止力があったため、よくよく考えるとわがままの範疇《はんちゅう》でおさまる程度のことばかりだったというのもあるのだろうが。

『……あ、ブラットさまだ』

『さいきんちょっとかっこよくない？』

『わかるう！　変わったよね』

そんな侍女同士のひそやかな話し声がブラットの耳に届く。

ブラットは少々気分をよくしつつも、なるほどなと納得する。

（……見た目がまともになったのもあるか）

強くなるためにひたすらグラッセとの地獄のような稽古に励んでいたのでさいきんはあまり気にしなくなったが、記憶を取りもどしたときには一〇〇キロの大台に達していた体重は、二週間が経《た》ったいま八〇キロ近くまで落ちていた。

鏡をあらためて確認したところ、元々身長が高いこともあって、もはやデブという印象はあまりなかった。単純に体格がいい巨漢という雰囲気だ。

とはいえ、顎《あご》の下や腹を見てみるといまだぷにぷにとした感触がけっこう残っているため、総括して〝ぽっちゃり〟というところだろうか。

とにもかくにも減量し、さらには運動不足と栄養不足が解消され、日頃《ひごろ》のケアを欠かさなかったため、脂ぎってニキビが浮いていた肌質もかなり改善されている。

このように小汚いデブから小綺麗《こぎれい》なぽっちゃりになったことも、周囲の反応がよくなったことに影響を与えている気がする。

そんなことを考えながらも脚をせっせと動かしていると、気づけば王宮屋上に設置された竜舎へとたどりついていた。

（……ま、本番はこれからだ）

周囲の人間関係に関していえば、順調に味方を増やして死亡エンドから遠ざかりつつある気がするブラットだが、やはり一番大事なのは単純な〝強さ〟だ。

四魔将《よんましょう》を打倒できるほどの力を手に入れなければ、死亡エンドは回避できない。

だからブラットはこれから竜舎のドラゴンに乗り、通称〝天空の山脈〟と呼ばれる迷宮スカイマウンテンに行って山ごもりの修行をするつもりだった。

『ファイナルクエスト』の知識通りなら、そこでほかのどんな方法よりも効率よく最強への道を駆けあがれるはず。

そのためにこの二週間、最低限のレベルと装備を必死に整え、グラッセからスキルを伝授してもらって準備してきたのだ。

いわば、ブラット最強化計画の第二段階とでも言おうか。

「行こう、相棒！　いざ、最強へ！」

ブラットは幼い頃《ころ》からの愛竜である氷竜ギルガルドにまたがり、いざ天空の山脈へと飛びたとうとしたのだが——その、直前。

「ブ……ブラットさま、ちょっと待ってほしいデス～‼」

聞きなれた少女の声が耳に届く。

慌ただしく駆けよってきたのは、専属侍女のロジエだった。

ブラットはしかたなく一度ギルガルドの背から飛びおりた。

「ん、どうかしたか？」

「どうかしたかじゃないデスよ！　いきなり置き手紙だけ残して、山にこもるって……わけがわからないデスよ！　少なくとも一国の王子がすることじゃないデスし、いろいろとやる気があるのはけっこうデスけど、もっと事前にいろいろとこちらに相談していただかないと困るデスよ……！」

ぷんぷんと頬《ほお》をふくらませるロジエ。

なるほど、確かに彼女の言うとおりだ。

思いたったが吉日と我慢できずにすぐに行動してしまうタイプのため、報告がぎりぎりとなったうえに置き手紙だけになってしまった。やはりどのような組織であっても、迅速な報連相は徹底しなければなと反省する。

それにしても怒る姿も相変わらずうさぎみたいでかわいらしいなと思い、ブラットは以前飼っていたハムスターを思いだしながらロジエの頭をよしよしとなでた。

「な……なんでなでるデス⁉」

ロジエはあきらかに当惑した様子で、頬をポッと赤くそめる。

「いや、かわいいなと思って」

「かかか……かわいい⁉」

ボフッと湯気が出そうなほどに顔を真っ赤にしたかと思うと、ロジエは絶句して石像のようにかたまってしまう。

それからしばし硬直していたかと思うと――

「そ、そんな取ってつけたように適当に褒めたって……許さないデスよ～♥」

視線を斜め下に落とし、もじもじと照れた様子でそんなことをのたまう。

……まんざらでもなさそうである。

（うむ、よきかなよきかな。我が侍女は今日もちょろかわいくてなによりだ）

なんというか見た目が小柄で子供っぽいうえ、ものすごく感情が表に出ておもしろいため、ブラットはこうして日頃からロジエをいじりがちだった。

もちろん、いじりというのはお互いの信頼関係があってこそだ。本人が嫌がっているのならすぐにでもやめるつもりではあるのだが、現状は本人も嫌がってはいなさそうだし、こちらも癒やされるのでまあ問題ないだろう。たぶん。

「んじゃ、行ってくる！」

とにもかくにも侍女の機嫌は取った。

さっさと修行に出るかと、ふたたびギルガルドにまたがろうとしたのだが――

「いや、待ってほしいデス！　いまからはだめデスよ⁉　明日……いや、せめて午後までは待ってもらわないと！」

我にかえったロジエが慌てて引きとめる。

いつもならブラットが勝手することをとがめつつもなんだかんだと許してくれるのだが、いったい今日はどうしたのだろうか。

「え、どうしてだ？」

「どうしてって……忘れたデスか⁉　今日はマリーさまが王宮にいらっしゃるから、絶対に忘れないでほしいって前々から伝えてたじゃないデスか⁉」

言われて、ブラットはハッとする。

強くなることばかり考えていて話を聞きながしていたが、そういえばそんなようなことを言われた気がしなくもない。

「……マリーとの約束って今日だったか？」

「今日デスよ！　ていうか、もう――」

ロジエが言いかけた、そのときだった。

「――あら、ブラットさまひどいですわね」

まるで小鳥のさえずりのような――かわいらしさと透明感を合わせもった少女の声が、静かに王宮の屋上に響きわたった。

ブラットが振りかえるといつのまにかそこにいたのは、静謐《せいひつ》な雰囲気をまとう美貌《びぼう》の令嬢。

「休学してなにをしてらっしゃるのかと思っておりましたが、まさか婚約者のこのわたくしとの約束まで忘れてしまうなんて」

黄金色の髪をなびかせる妖精《ようせい》のごときその少女は、ブラットの婚約者の公爵令嬢マリー・エル・フォークタスその人であった。


――マリー・エル・フォークタス。

王国の宰相フォークタス公爵の娘であり、ブラットの婚約者である。

王子の婚約者ということもあって教養も家柄も文句のつけようがなく、さらには貴族やその子女のあいだでは〝妖精姫〟とうわさされるほどの儚《はかな》げな美貌までも持っている――まさに才色兼備の令嬢であった。

だがそんな完璧《かんぺき》さゆえに、ブラットは彼女を苦手としていた。

それは優秀な弟アルベルトへの嫉妬《しっと》と似ている。

マリーの完璧さが目立てば目立つほど自身の無能さが浮きぼりになり、婚約者として不釣りあいだという周囲からの声が大きくなっていたからだ。

そしてブラットが高慢で偏屈な性格であり、マリーもサバサバとして感情表現が希薄な性格であったため、二人の仲は良好とは言いがたかった。

婚約者だからしかたなくそのように振るまっている――気づけばそんな仮面夫婦のごとき関係になってしまっていたのだ。

『ファイナルクエスト』作中でも、マリーは直接は登場しないものの、勇者とアルベルトの会話内での伝聞という形で、〝闇《やみ》堕《お》ちしたブラットを見限って他国に逃亡した〟という設定が明かされていたはず。

実際このままゲームどおりに話が進んでいたなら、そうなるだろうことは容易に想像できた。

だがそれはあくまでも、ゲームどおりに進行した場合のことだ。そもそもブラットが闇堕ちしなければ見限られることもないはず。

そんな考えもあって、ブラットは前世の記憶が戻ったあともマリーとの関係の修復をひとまず後回しにしてしまっていた。

これはその天罰だったのかもしれない。


「こ、婚約破棄……してほしい⁉」

マリーから突然の婚約破棄を切りだされ、ブラットはまぬけな声を出した。

屋上でそのまま話すのもなんだからということで場所を移し、そこは来客用の王宮の一室。ブラットは小さな円卓をはさみ、マリーと向かいあっていた。

婚約者とゆったりと優雅なひとときでも過ごすかと思い、南方のお高い紅茶をロジエに出してもらってリラックスしながら味わっていた矢先のことである。

（冗談じゃ……ないよな？）

冷水を浴びせかけられた気分だった。

まさかひさしぶりに会って開口一番に婚約破棄を告げられるなんて誰《だれ》が想像できよう。元々仲があまりよくなかったため、二人で会って話したいと言われて違和感はあったが、まさかそのような話だったとは。

ブラットの内心の疑問に答えるように、マリーはこくりとうなずいた。

マリーは冗談を言うような性格でもなければ、そもそも二人は冗談を気軽に言いあうような仲でもない。どうやら本気のようだ。

「な……なんでまた急にそんな話に？」

「話は急ですが、ブラットさまご自身にも覚えがおありでしょう？」

マリーは妖精のような面差しをぴくりとも動かさず、淡々と訊《き》きかえしてくる。

「急に婚約破棄される理由なんて……」

……いや、ありすぎた。

今回のように婚約者のマリーをないがしろにしたり、周囲の人々に事あるごとに横柄に振るまったり、ろくに勉強や鍛錬もしないで部屋でだらだらと茶菓子をむさぼったり——考えてみると以前のブラットは王族どころか完全に人間失格だ。

むしろこれまで婚約破棄されなかったのが奇跡と思えるほどである。

冷や汗をかくブラットを見て、マリーは呆《あき》れた様子で小さく息をつく。

「現状、ブラットさまの城下での評判は……いえ、王宮ふくめてこの国での評判は最悪ですわ。わたくしは幼少期から王妃となるにふさわしい人間であろうとしてきたつもりです。一方でブラットさまは王族としての自覚が一切見られず、努力をする素振りもございませんでした。王族としての責務を放棄している貴方にいい加減ほとほと愛想が尽きたのです」

マリーの言葉はあまりにもっともで、ぐうの音も出なかった。

(だけどなんでこのタイミングで……?)

『ファイナルクエスト』作中では闇堕ち後にブラットを見限ったという話だから、婚約を破棄されるならそのときのはず。

このタイミングで婚約破棄をされてしまうと、ゲームとは話が違ってくるのではないか。

(まさか、俺の影響か……?)

ブラットが前世の記憶を取りもどしてゲームとは違う行動をした結果、世界に変化が起こっているのだろうかと思い至る。

(でも記憶が戻ってからの俺はいいほうに向かってるし、その影響で婚約を申しこまれるならとも

かく婚約破棄はおかしい気もする）

考えてはみるものの、どれも推測の域を出なかった。

あるいは婚約破棄をしたいとは言いつつも、結局最終的に婚約破棄には至らないというパターンなのだろうか――

「……なお、陛下にも話は通してありますのでそこはご心配なく。〝我が愚息に一〇割の非がある。余にはそなたをとめる権利はない〟とのことですわ。そういうわけなので、必要なのはあとブラットさまご自身の了承のみです。婚約破棄でよろしいですね？」

しかしマリーは完全に外堀も埋め、躊躇《ちゅうちょ》する素振りもない。

ブラットがなにも言わねば、このまま婚約破棄は順当に進められてしまいそうだ。

「ちょ……ちょっと待ってくれ。さすがに話が性急すぎないか？」

「あら、引きとめてくださるなんて意外ですわね？　わたくしのことなんか歯牙《しが》にもかけておられないと思っていましたわ。今日の約束も忘れていらっしゃったようですし」

的確に皮肉を言われて口ごもるブラット。

だが、もはや言い負かされている場合ではない。

「……約束を忘れていたのはすまなかった。だが気にかけていなかったわけじゃない。この姿を見てもらえばわかるとおり、俺もようやく自身がこのままではダメだと反省し、変わろうとしている最中なのだ。マリー……きみには心身ともに成長してかっこよくなった俺を見てほしくて、中途半端な状態では会いたくなかった。だからこうして会うのをつい後回しにしてしまったのだ」

口をついて出た言葉だったが、それはブラットの本音だった。

ブラットはマリーのことが苦手ではあったが、決して嫌いではない。

むしろ幼少期からずっと好意を抱いていて、だからこそ比較されることでひどく劣等感を覚え、彼女を粗雑に扱うことで遠ざけてしまっていたのだ。

記憶を取りもどしてからは、マリーにふさわしい男になろうというのも大きなモチベーションのひとつだった。より完璧な男になってから会おうと思っていたのが今回は仇《あだ》になったが、気にかけていなかったわけではないのは断言できた。

そして虫のいい話だが、このような形で彼女との関係を終わらせるのは本意ではない。どうにか思いとどまってほしかった。

そんなブラットの気持ちが多少は伝わったのか、マリーは視線を落とす。

「……確かにさきほどお会いしたとき、あまりにお姿が変わっていたので最初どなたかわかりませんでしたわ。物腰も心なしかやわらかくなったような印象を受けます。変わろうと努力はしているのでしょう」

「ならば……！」

けれど、とマリーは首を振る。

「わたくしは以前から何度も期待し、そしてそのたびに貴方さまに幻滅させられてきました。そう簡単には信用できませんし、それは周囲の貴族や民も同じでしょう。結果で見せなければ、みな納得できないのです。殿下の失墜してしまった名誉を挽回《ばんかい》するには、それこそもはや英雄的な偉業でも成すしかないでしょう。たとえば……そうですね、近く行われる剣舞祭《けんぶさい》で優勝するとか、それほどの偉業でなければ、皆も納得しないでしょう」

——剣舞祭。

それはブラットの在籍する王立ウィンデスタール魔法学院で毎年行われている学院最強を決めるバトルトーナメントのことだ。

優勝者には国王から〝剣聖〟の称号とともに大きな名誉が与えられる。学院に通っている貴族の誰もが優勝を夢みる大会だ。

確かにそんな名誉ある大会でもしも優勝できれば、ブラットのこれまでの汚名も返上できるかもしれない。いやそれぐらいのことをしなければ無理であろう。

「まあそんなことは不可能ですから、婚約破棄はこのまま進めさせて——」

「優勝すれば考えなおしてくれるのか⁉」

しかしその話を聞いたとたん、ブラットは瞳《ひとみ》を輝かせた。

剣舞祭での優勝。

以前までの高慢で口だけの〝黒豚王子〟ブラットならば夢のまた夢どころか、世界が引っくりかえっても達成できないことである。しかし前世の記憶を取りもどしたいまのブラットならば、難しくはあるが達成しうることであった。

「？　いえ……おそれながら申しあげますが、ブラットさまは剣や魔法の授業で万年最下位の成績でしたわよね。そのような状況のブラットさまでは優勝どころか、予選すらも勝ちのこれないかと愚考いたしますわ」

「難しいだろうな、でも絶対にできないと決まっているわけではない」

まっとうな見解を述べるマリーにブラットは不敵に笑ってみせ、それから彼女のかたわらに流れるような動作でひざまずいた。

そしてまるで王女にかしずく騎士のようにそっとマリーの華奢《きゃしゃ》な手をとり、

「この国を守護する剣神バルザークに誓おう……俺は剣舞祭で必ず優勝してみせる。だからその暁には今回の婚約破棄は思いとどまってほしい」

「あ、え……なにを⁉」

マリーが当惑した様子でおろおろとしているのも気にせず、ブラットは彼女の白皙《はくせき》の手の甲に誓いの口づけを落とした。

前世の黒川勇人《くろかわはやと》ならば絶対にできないような気恥ずかしい所作であったが、王族としていくつもの儀式をこなしてきたブラットには慣れたものだった。

くわえて二〇キロ近く痩《や》せたこともあり、以前は黒豚が人に餌をせがんでいるようにしか見えなかったその光景は、英雄譚のワンシーンのようにサマになっていた。

そんなブラットの成長のおかげもあるのかマリーは頬《ほお》をほんのりとそめていたのだが、ブラットはそれに気づくことなく余韻も少なに立ちあがった。

「ふむ……そうとなれば、やはりなにを措いても俺は強くならねばならないらしい！　こうしてはおれぬ、さっそく修行におもむかねば！」

それではマリーまた会おう！　と寝食を忘れてゲームに熱中する廃ゲーマーのごとく猪突猛進状態になったブラットは、そのままマリーに背を向けた。

「あ……お待ちになってください‼」

呆然《ぼうぜん》としていたマリーが慌てて我にかえって呼びとめようとするが、一度こうなってしまったブラットはもはやとめようもなかった。

ブラットは一方的に言うだけ言って、部屋を飛びだしていくのだった。


（……面倒なことになりましたわ）

小高い丘に屹立《きつりつ》する王宮から斜面を下っていく馬車のなか、マリー・エル・フォークタスは美貌《びぼう》の面差しをゆがめて嘆息する。

「マリーさま、よろしかったのですか？」

マリーの専属侍女であるレミリアが、神妙な面持ちで訊《たず》ねてくる。マリーは数秒の間を置いたあと、侍女の顔をちらと見やる。

「もちろん、よろしくないわ。けれどブラットさまが一方的にああ言ってどこかへ行ってしまったのだから、どうしようもなかったでしょう？　まあ、あの殿下が剣舞祭で優勝なんて万にひとつもできるはずがないから結果は変わらないだろうけれど」

「いえ、そちらもですが……婚約破棄の真の理由をブラットさまに伝えなくてもよろしかったのかということです」

レミリアにまっすぐにそう訊ねられ、マリーは目を見開いた。

それから一時硬直し、言いあぐねるように口をぱくぱくとさせる。

「……、」

そう、実は今回の婚約破棄の理由は、ブラットに伝えたような内容ではなかった。

確かにブラットはこれまで王子としての責務を放棄していた。

だがここさいきんは改心したらしく評判はすこぶるいい。

特に私財を投じて進めている施策が〝身を切る改革〟だとして、貧民や平民を中心に支持を集めている。これまでの傾向から考えてまだ様子を見る必要はあれど、その件で婚約破棄する理由はもはやなくなりつつあるのだ。

だから婚約破棄を申し出た真の理由は別にあるのだが、あえてマリーはそれをブラットには明かさずに虚偽の理由を伝えたのだった。

マリーは車窓から憂いを帯びた表情で曇りつつある空を見上げ、

「……世界には知らないほうがいいことってあると思うの、意外とたくさんね」

一言、そうつぶやくのだった。

2

（……うお、すげえ！）

ブラットは眼前の光景に感嘆の息をつく。

ピシュテル王国から愛竜に騎乗して北上すること丸一日、ブラットは目的地のスカイマウンテンの姿をついに視界にとらえていた。

通称〝天空の山脈〟と呼ばれるそのダンジョンは、エベレストを模してデザインされたこともあり、天まで届きそうな堂々たる威容を誇っている。

ひさびさの長時間の空の旅で酔いに苦しめられていたブラットだが、空からのスカイマウンテンの稜線《りょうせん》はまさに絶景で、気づけば酔いも吹っとんでいた。

ブラットはしばしその景色《けしき》を楽しんだあと、氷竜ギルガルドに命じ、山のふもとへと高度を下げていく。

「とうちゃーくっ！」

そして大きな洞窟《どうくつ》の前にギルガルドを着地させ、その背から跳びおりる。

目の前にぱっくりと口を開けたこの洞窟こそが、スカイマウンテン内部のダンジョンへと続く唯一の入口だった。

『ファイナルクエスト』作中では、このスカイマウンテンは攻略レベル二二程度であり、とあるモンスターが出現することから中盤以降に狩場として利用されることが多く、プレイヤーには馴染《なじ》み深いダンジョンである。

ブラットも幾度も利用していたし、だからここを修行の場に選んだというのもあった。

「……そのへんで待っててくれよな」

ブラットが声をかけると、ギルガルドはぐるると喉《のど》を鳴らした。

入口とその奥に広がる空間を見るに、ダンジョン内はギルガルドには窮屈だ。素直に外で待っていてもらい、帰るときに竜笛で呼びだすほうが賢明だろう。

やがてギルガルドは蒼鱗《そうりん》に覆われた立派な双翼をはためかせ、空へと舞いあがった。

王宮にいるときは王都周辺しか飛んでいないので、まだまだ運動不足のはず。いい機会だから思う存分に飛びまわってもらおう。

ブラットは愛竜を見送ると、いよいよダンジョンの一階層へと足を踏みいれ――

（おお、ファイクエと同じだ）

そして、迷宮内部のその光景に感動する。

『ファイナルクエスト』に登場するダンジョンの一階層はおおむね人の手が入って整備されており、まるで神殿の内部のような荘厳な石造りになっているのだが、このスカイマウンテンもそれにならっているようだ。

この一階層にはモンスターは一切出現せず、セーブポイントとなる〝忘我の石像〟が設置され、プレイヤーが一休みできるオアシスの役割を担っている。

実際モンスターの姿はなく、中央には見慣れた石像もあった。

(セーブは……そりゃできないか)

石像に触れてはみたものの、さすがにゲームのようにセーブはできないようだ。

しかし石像の置かれた泉の水をすくいあげて飲むと、力がみなぎるのを感じた。

泉の水にはゲームと同じように、体力・魔力の回復効果があるようだ。

モンスターが出現するダンジョンには、得てして高濃度の魔力が集まっている。そのため、そこに湧《わ》く水にも膨大な魔力がふくまれており、飲めば回復効果が得られるのだと学院の授業でも聞いた覚えがある。そういうロジックなのだろう。

(さて、こっからだ)

前世で見慣れたダンジョンの光景をながめ、気合いを入れなおす。

剣舞祭まではおよそ一ヶ月。それまでにしっかりと学院の猛者《もさ》たちを打ちたおし、優勝できるほどの強さを手に入れねばならない。

（でも具体的にどれぐらい強くなればいいんだろう）

まず優勝候補として浮かんでくるのは、実弟のアルベルトだろう。

アルベルトは『ファイナルクエスト』作中でも〝剣聖〟としての称号を持っており、剣舞祭での優勝経験があるという設定が明かされていたはずだ。

（だけどあいつが優勝したのって、一五歳だったよな……）

となると――アルベルトが一四歳で迎える今年は、アルベルトでなく別の誰かが優勝するということだ。アルベルトは今年も出場するはずなので、その誰《だれ》かは自動的にアルベルトよりも強いということになる。

ブラットはその誰かに勝てるほどに強くならねばならないわけだが――

（……まあ、やることは変わらないか）

アルベルトを倒すほどの人物。

それがどこの誰なのか、どれぐらい強いのか、心当たりはまるでないけれど、ブラットがこれからすべきことはなんら変わらない。

ただただ、強くなる。

それだけだ。

まあアルベルトよりも強くならねばならないのは現状で間違いないので、ひとまずの目標はアルベルトに定めておけばいいだろう。

アルベルトのレベルは三〇前後。それにプレイヤースキル抜きで安定して勝てるぐらいのレベルには達しておきたいところだ。

（レベルと言えば……）

ブラットは背負い袋から、銀縁の丸メガネのようなものを取りだす。

これは名づけて、〝レベルスカウター〟。

ブラットの提案のもと、ピシュテル王国の宮廷魔術師が開発した魔道具だ。

その名のとおり、これを通して他者を見るとそのものの強さをレベルとして表示できるという代物である。もちろんゲームのように必ずしも正確なレベルがわかるわけではないが、大まかな指標となるのは間違いない。

ブラットはレベルスカウターをかけ、泉に映った自身の姿を見る。

すると自身のそばに、古代魔術語で二一という数字が淡く赤い光となって浮かんでいるのが見えた。これが現在のブラットの暫定レベルというわけだ。

（突貫工事なのによくできてるな）

開発した宮廷魔術師はものすごく変な女なのだが、魔道具発明家としてはまぎれもなく天才だ。引きつづき彼女に改良してもらっているので、いずれはさらに正確さを増し、より詳しいステータスも数値化できるようになるだろう。

ちなみにブラットの適当な提案から生まれたこのレベルスカウターだが、魔術師界隈《かいわい》では大きな話題になっていて『世紀の発明だ！』との声もあるらしい。

確かに強さの指標がなかったこの世界では革新的な発明なのかもしれない。

すでに件《くだん》の宮廷魔術師とブラットの名のもとに魔術師連盟に特許を出願しているらしく、もしこのレベルスカウターが普及すればブラットにも莫大《ばくだい》な権利料が入るということだ。

なんだかんだ王子ということもあって金には特に執着していないが、もらえるものはもらうというスタンスなのでありがたく頂戴《ちょうだい》するつもりだった。

（とにかく目標はレベル四〇だな）

一ヶ月でレベルを二〇あげる。

それを現状の目標に定める。

この世界の常識で言えば一ヶ月でそれほど強くなるのはまず不可能なことなのだが、まあどうにかするしかない。

そして、ブラットはいざモンスターの出現する二階層へと足を踏みいれた。

（さっそくおでましかよ……）

直後。剣を装備した二足歩行のトカゲ型のモンスターと対面する。

リザードマンだ。

討伐レベルは二一。単調な物理攻撃が基本の戦いやすいモンスターだが、その牙《きば》には麻痺《まひ》毒があるために油断ならない相手だ。しかも出現したのは三体だった。

グラッセとの稽古《けいこ》で最低限のレベルまでは引きあげてきたものの、あくまでもそれは最低限だ。パーティーを組んでいればそれほど苦でない相手なのだろうが、ブラットひとりではさすがに苦戦が予想された。

だがブラットはリザードマンを見ると、不敵な微笑を浮かべた。

リザードマンたちは「おうてめえ……この俺たちとやりあう気かよ」とでも言いたげな凶悪な唸《うな》り声をあげ、ブラットを威嚇してくる。

「ふっ、控えろ！　この雑魚《ざこ》風情が……おまえらごときこのピシュテル王国が第一王子ブラット・フォン・ピシュテルの相手になるわけがあるまい」

威勢よくモンスターを挑発するブラット。

そして緊迫の空気のなか、ついに戦いが始まるのかと思いきや――


「――だから、逃げさせていただきまっす‼」


次の瞬間。ブラットはくるりと身をひるがえした。

リザードマンに背を向けると、そのままなりふりかまわずに逃げだす。

あきらかに戦う気満々に見えた男の全力逃走には、さすがのリザードマンたちですらあっけにとられているように見えた。

（逃げるが勝ちってな～！）

敵の姿が見えなくなったところで立ちどまり、ブラットは息を整える。

リザードマンはブラットの目当てのモンスターではない。やつらを狩ったところで取得できる経験値は大したことがなく、レベリングの効率はよくないのだ。

簡潔に言えば、経験値がまずい。

だから、無理に戦う理由がないのだ。

ターゲットが出現するのは五階層以降。それまではできるかぎり体力を使わず、のらりくらりとやりすごすつもりだった。

そんなこんなで――
ブラットはモンスターが出現するたびに逃げに逃げ、ターゲットを発見したのはダンジョンに入って半日後のことであった。

3

無駄のない効率的なレベリング。

レベルシステムのあるキャラクター育成ゲームの攻略において、それはプレイヤーがなによりも最優先に考えるべき事柄である。

そして無駄のない効率的なレベリングで重要なのが、レ﹅ベ﹅リ﹅ン﹅グ﹅に﹅適﹅し﹅た﹅敵﹅モ﹅ン﹅ス﹅タ﹅ー﹅を見つけだすことである。

レベルをあげるためには当然、戦闘で経験値を得る必要がある。

しかし倒したときに得られる経験値は、モンスターの種族によって大きく異なる。

だから討伐難易度や取得経験値を天秤《てんびん》にかけ、もっとも効率よくレベリングできる敵モンスターをプレイヤーたちは日夜さがしもとめているわけである。

『ファイナルクエスト』においても、幾万ものプレイヤーがそれをさがしもとめた結果、もっとも経験値が〝うまい〟モンスターというものが発見されていた。

そのとあるモンスターは討伐こそ激烈的な難しさがあるものの、なんと通常のモンスターの一﹅〇﹅倍﹅以﹅上﹅もの膨大すぎる経験値が設定されていたのだ。

そして、それこそが——

「……いた」

いまブラットの眼前に出現した黄金色の蛇型のモンスターであった。

——オリハルコンスネーク。

それがこのモンスターの名称だ。

鎌首をもたげてこちらを威嚇するその体高は、人の胸ぐらいはあろう。たとえるなら黄金色のキングコブラといったところだろうか。

レベルは二五——なのだが、このオリハルコンスネークというモンスターの討伐難易度はレベルだけでは測れない。

このモンスター、とにかく硬いのだ。

その名のとおり、体表が世界で最高硬度を持つとも言われる魔法鉱物オリハルコンで覆われているため、基本的に物理攻撃も魔法攻撃もほとんど無効化されてしまう。

ダメージを与えられないというわけではないのだが、一度の攻撃で一〇〇ある体力の一を削るのがやっとというぐらいに鉄壁の耐久力を誇っており、専門家や冒険者のあいだでは〝不死蛇《アンデッドスネーク》〟などと呼ばれ、討伐不可能種にまで指定されているほどだ。

万一倒せる可能性があるとすれば超ハイレベルな物理攻撃力を有したうえでクリティカルヒットをねらうほかないのだが、やつらは蛇としての素速さも合わせもっているため、そもそも攻撃を当てることすら難しいと来ている。

ある程度のプレイングスキルがあれば一定確率でクリティカルヒットを出せる『ファイナルクエスト』作中とは異なり、この世界でこのモンスターにクリティカルヒットを出すのは至難。ほぼ不可能であり、奇跡に期待するほかない。

そんな理由もあり、ブラットがこのスカイマウンテンに訪れる前に騎士に聞きこみをしたところ、このモンスターの討伐経験があるものはほぼ皆無だった。

唯一グラッセだけは『う～ん、そういえば硬い蛇いたな～☆　倒したけどっ☆』と言っていたが、あれは人類最強クラスの化物であり、さらにはオリハルコンスネークを討伐可能なエクストラスキルを有する人物のため、例外中の例外だろう。

とにもかくにもオリハルコンスネークという眼前のモンスターは、この世界の常識では間違いなくブラット程度の強さで倒せるモンスターではないわけだ。

だがブラットはこの世界の理からは外れたイレギュラーな存在であり、このモンスターを倒す方法を――エクストラスキルを知っていた。

そしてそれをグラッセから伝授してもらい、すでに体得もしている。

いまのブラットならば倒せる、のだ。

(チャンスは一回だな)

とはいえ、失敗の可能性は十二分にある。

オリハルコンスネークは臆病《おくびょう》な性格だ。

その圧倒的な防御力のおかげでほぼ天敵がいないにもかかわらず、他の生物の接近に気づくとそれだけで逃走をはかってしまう。

実際、眼前のオリハルコンスネークもすでにブラットの接近に気づき、こちらを警戒している。敏捷《びんしょう》さを考えると初撃でしとめられなければ逃げられてしまうだろう。

だからおそらく、チャンスは一度きり。

「……」

ブラットは敵を刺激しないようにそっと剣に手をかけ、居合いの構えをとる。

そして全身から魔力を噴出させ、これから発動させるスキルをイメージする。

この世界における魔法やスキルというものの発動には、イメージが非常に重要だ。

自分の発動させたい魔法やスキルを具体的にイメージできればできるほど、より大きな効果を発揮してくれる。

「――〝ペネトレイトスラッシュ〟‼」

直後。ブラットはスキルを発動させた。

スキルアシストの効果が発動し、ブラットの剣が常人には視認できぬ超高速で閃《ひらめ》き、オリハルコンスネークへと襲いかかる。

通常ならばオリハルコンの装甲に間違いなく弾きかえされてしまう斬撃は、しかしそのままオリハルコンスネークの体へとみるみるうちに食いこんでいく。

そしてそのまま——スパッ！　と鮮やかな切断面を見せ、鉄壁の防御力を持つ胴がきれいに分断された。

まっぷたつに分断されたオリハルコンスネークは陸に打ちあげられた魚のごとく幾度か跳ねるように動いたあと、やがてぴくりとも動かなくなる。

息絶えたようだ。

（やった！）

ブラットは思わずガッツポーズをする。

——〝ペネトレイトスラッシュ〟。

これこそがグラッセに伝授してもらったエクストラスキルの正体だった。

どんなに硬いものであっても、その防御力を貫通してダメージを与えられる剣術スキルだ。まさにオリハルコンスネークを狩るために存在するがごときスキルだった。

（ん……これは⁉）

ふと気づくと、オリハルコンスネークの死骸《しがい》から淡い光が出て、それがブラットの体へとどっと流れこんできた。

オリハルコンスネークの経験値だろう。

やがてブラットの体が淡い光を放ち、自身の根源的ななにか——魂みたいなもの——が一段階上へと昇華した感覚を覚える。

オリハルコンスネークの膨大な経験値を得て、レベルがあがったのだ。

（……たった一体倒しただけなのにな）

正直、信じられなかった。

いや、レベルアップに必要な経験値とオリハルコンスネークの経験値を考えれば、レベルアップはごく自然なことなのだ。

けれどグラッセと毎日毎日必死に稽古をしてようやく一あげていたレベルが、たった一体のモンスターを討伐しただけであがるなんて、いざ実際に体感してもそう簡単に信じられることではない。

しかし、レベルシステムというものは元来そういうものなのだろう。

その経験値を得るためにした努力や苦労という過程は一切関係なく、手に入れた経験値に応じてレベルがあがる。そしてレベルに応じて強くなる。それだけなのだ。

まあブラットは前世の知識で討伐方法を知っていたから討伐できたものの、知らなければこのオリハルコンスネークというモンスターは一生かかっても倒せなかっただろう。そう考えてみると、この膨大な経験値も納得の結果なのかもしれない。

（忘れずにドロップも回収っと……）

ブラットはオリハルコンスネークの装甲部分のオリハルコンをきれいに剥《は》ぎとり、それを背負い袋へと回収する。

オリハルコンは世界でもごく一部の迷宮でしかとれない貴重な鉱物だ。『ファイナルクエスト』

作中では終盤の装備の生成に使われることもあり、法外な高値で売買される。この世界でも同様の価値があり、売れば相当の額になるのは間違いない。

オリハルコンスネークはこのように膨大な経験値とともに、討伐者に莫大《ばくだい》な富までもたらしてくれる――二重の意味で〝うまい〟モンスターなのだった。

（この調子で経験値もお金もがっぽがっぽ稼いでいきますかあ！）

ゲーマーというのはレベルアップやアイテムの獲得にとてつもない快感を覚える生きものであり、ブラットはすでにものすごくテンションがあがっていた。

長時間の迷宮探索でつかれていたはずだが、それも吹っとんでしまったぐらいだ。

しかし、次なるターゲットをさがしに行こうとした――そのときだった。


『――よし、気を引きしめていくにゃ！』


前方から威勢のいい少女の声が耳に届く。

声のほうを見ると、五名ほどの武装したパーティーの姿があった。

（単なる冒険者じゃ……なさそうだな）

よく見ると、パーティーの全員が三角の獣耳と尻尾を生やしている。

その露出の多い独特な軽装鎧《よろい》も合わせて考えると、猫人族《ケットシー》に間違いない。

このスカイマウンテンの周辺の森には、彼らの集落がいくつも点在していたはずだ。そこの集落のものたちなのだろう。

思いたって彼女たちにレベルスカウターを使用すると、レベルは一五～二〇程度。

この世界が現実であり、モンスターとの戦闘が現実の死に直結することを考えると、この迷宮の探索にはギリギリのラインだ。

（おかしいな、猫人族は保守的で進んで危険をおかすような種族ではないはずだが、こんなところまでなにをしに来たんだ……？）

ブラットがゆっくりと近づいていくと、さきほどの声の主であるリーダーらしき少女がいぶかしげにこちらに顔を向けた。

少女は小柄で線の細い体つきをしているうえ、愛らしさのなかにどこか生意気な雰囲気のある猫人族らしい顔をしていて――

「って、あれ……ミーナ⁉」

ブラットは少女の顔をまじまじと確認し、やがて驚愕《きようがく》に目を見開いた。

少女の顔に見覚えがあったのだ。

いや、見覚えがあるなんていうレベルじゃない。それは下手をすれば家族や友人以上に幾度となく見てきた顔だった。

そしてさらに言えば、彼女に関する記憶があるのはブラットとして生きた一四年の人生のなかでなく、黒川勇人として生きた前世の人生のなかであった。

（腰の独特の二振りの曲刀……間違いない）

彼女は双剣士ミーナ・リーベルト。

『ファイナルクエスト』作中で仲間に加わる勇者パーティーのひとりだった。

4

勇者という存在には、信頼できる〝仲間〟というものが付きものである。

仲間とともに力を合わせ、あるときは反目しあいながらも、最終的には絆《きずな》を深め、ともに魔王といった巨悪を撃つというのが古きよきＲＰＧの王道パターン。

『ファイナルクエスト』においても、当然のことながら勇者には仲間が存在する。

合計で七人の仲間キャラクター。それがストーリー進行によって入れかわり、勇者をふくめた四人パーティーを構成するのだ。

その七人の仲間のひとりがブラットの弟アルベルトであり、眼前の猫人族の双剣士ミーナ・リーベルトなのだった。


「なんでおまえ、にゃーの名を……？」

どこかで会ったかにゃ？　とミーナは警戒した様子でブラットを睨《ね》めつけてくる。

初対面の男にいきなり名を呼ばれれば、警戒するのも当然だろう。しかも彼女からすれば、ブラットはこんな僻地《へきち》のダンジョンにひとりでいるような変人だ。

「あ、いや、それは……」

ブラットは慌ててなにか言おうとするものの、言葉が続かない。

いま彼女に前世の話や『ファイナルクエスト』というゲームのことを伝えたところで信じてもらえるわけもないし、しかしそうなると彼女の名をブラットがなぜ知っているかということを説明できなかったからだ。

「……貴族みたいな成りだが、どっかの金持ちのぼんぼんかにゃ？」

ブラットが口ごもっていると、ミーナがいぶかしげに訊《たず》ねてくる。

ブラットはどうにかごまかさねばと思い、リーマン時代に身につけたそれっぽいことをそれっぽく話すスキルを緊急発動させる。

「あ、えっと、そうなのだ……俺の名はブラット……フォールン。実はピシュテル王国で子爵の位を陛下から賜っている」

よくある名前のブラットはそのままに、家名だけ偽って伝えるが、ミーナは「やっぱりそうだったか」と特に疑う素振りもなくうなずいた。

装いが貴族そのものだったためだろう。

「しかし、なんで貴族のぼんぼんがにゃーの名を知ってるにゃ？」

「ああ、いきなり驚かせてしまってすまなかった。以前、俺の父が外交でそちらの猫人族の集落を訪れたのだが、それに俺も同行していてな。そのときに貴女のことを目にし、あまりにかわいらしい娘だったから名を覚えていたのだ。いつかどこかで巡り会えたらと思っていたが、このような場所で会えるとは……光栄だな」

ブラットは口からでまかせをすらすらと述べ、オーバーリアクションな外国人的なノリでミーナの手をとり、口づけを落とした。

あきらかに取ってつけたような話だが、前世でつちかったトークスキルとブラットの王子としての立ち居振るまいのおかげでそれっぽく見えているはずだ。

これでごまかせていたらいいのだが……とブラットがミーナに目を向けると——

「か、かわいらしい娘⁉　にゃーが⁉」

ミーナは頬《ほお》を真っ赤《まか》にそめていた。

猫人族には〝女は強くあれ〟という教えが根付いていて、男に高圧的な態度をとる気の強い女が多い。一方でそんな態度のせいで男が寄りつかないために男への免疫はあまりなく、褒めるとわりとちょろいという設定があったことを思いだす。

『ファイナルクエスト』作中でミーナが勇者に褒められてぽんこつになるエピソードもあったが、想像以上にちょろいようだ。

まあブラットが痩《や》せてきて美形の顔がようやく力を発揮しはじめたということや、作中よりもミーナが幼くてさらに男に免疫がなかったということもプラスに働いたのだろう。

「そ……そういうことなら、覚えていてもおかしくにゃいか。なるほど、にゃーが……かわいすぎたか。わかる、それにゃ」

「そういうことだ。相変わらず……いや、以前よりも大人になって、さらに美しくなったようだな。思わず見惚《みと》れてしまったよ」

それでも猫人族の女として威厳を保とうとするミーナだったが、ブラットがさらに褒めると照れくささをもはや隠しきれなくなったようで、「ううっ……」と顔をぼふっと湯気でも出そうなほどに真っ赤にして涙目でこちらを睨んでくる。

ブラットはやりすぎたかと反省し、話題を変えることにした。

「それで、貴女たちはここには探索に？　猫人族が迷宮にいるとは珍しいが」

「コホンコホンッ、探索……と言えば、探索だにゃ。目的は下調べだが」

気を取りなおして答えるミーナ。

下調べ？　とブラットは首をかしげる。

「にゃーたちは一月後に大規模な討伐隊《レイド》を組んで、このスカイマウンテンの攻略を……そしてサイクロプスの討伐を考えている。そのための下調べだにゃ」

そう言われて、なるほどと合点がいく。

サイクロプスは『ファイナルクエスト』作中に中ボスとして登場するこのスカイマウンテンの最深部に棲まう巨人型モンスターだ。

作中では近隣の猫人族の集落を力で脅し、度々生贄《いけにえ》を要求するという悪事を働いていた。最終的にはこのミーナとともに勇者が討伐することになるのだが、討伐はあくまでもいまから四年後の話。現在はまだふつうに悪事を働いているのだろう。

「なるほどな、サイクロプスの悪事については俺もうわさは聞いているが……討伐に踏みだすほどなのか。大変だな」

「ん？　よく知ってるにゃ？　サイクロプスはここに棲《す》みついてからまだ数ヶ月で、その悪事についてもまだ外には漏れていないはずだが……？」

ミーナに突っこまれ、冷や汗をかくブラット。

まだサイクロプスについてはあまり公になっていなかったらしい。揚げ足をとられるので、下手《へた》なことは言わぬほうがよさそうだ。

「……我が王国の密偵の力をなめてもらっちゃこまる。すでにそちらの事情はおおむね把握している。俺はそのこともふくめ、ここに調査に来たのだからな」

「調査って、たったひとりでかにゃ？」

ブラットが堂々と嘘《うそ》の理由を披露すると、ミーナは疑わしげな視線を向けてくる。

確かにこのような若い貴族がひとりで護衛もつけずに迷宮の調査なんて、ふつうに考えて不自然だ。まあブラットは一国の王子でありながらそのようなことをしているわけだが、それはあくまでも例外中の例外。あきらかにおかしい。

「ああ、ひとりだ。俺はこれでも腕が立つ。人数がいればいいというわけでもない」

みずから墓穴を掘っている気がしつつも、ブラットはさらに嘘を重ねる。

そして突っこまれないように「それより」とすぐに言葉を続ける。

「現在、貴女たちの集落とサイクロプスは具体的にどういう状況下にあるのだ？」

「おまえがどこまで知っているのかはわからないが、やつはにゃーたちに定期的な生贄を要求してるにゃ。生贄を捧《ささ》げなければ、集落を滅ぼすと脅してにゃ。だからにゃーたちは渋々やつの言うとおりにしていたのだが……さいきんは生贄の数を増やせ、生贄を捧げる頻度を増やせ、とやつの要求はさらにエスカレートしているにゃ」

ミーナは悔しげに歯を食いしばった。

「このままやつの言いなりになっていたら、いずれ集落は滅ぶにゃ。そうなるぐらいなら戦力が充実しているいまのうちに決戦を挑んだほうがいい。そういうわけで今回の下調べもふくめ、いま討伐の準備をしてるにゃ」

強い決意を秘めたミーナの瞳《ひとみ》を見て、しかしブラットは冷静に考える。

『ファイナルクエスト』作中では、サイクロプスが討伐されるのは勇者がここに来る四年後だ。そしてその勇者が動きだすのは、早くともいまから三年後のこと。

つまりミーナたちが一月後に予定している討伐は、間違いなく失敗する。

作中のミーナ自身の話のなかにも、過去に大規模な討伐隊で挑んだものの壊滅させられたというくだりがあった。

討伐隊というのはそれのことだろう。おそらく討伐隊の多くがそこで命を落とし、ひどい被害をこうむることになる。

（だが……とめても聞かなそうだよな）

元々保守的な種族の猫人族が危険をおかそうというのだ。すでに追いつめられ、その上での苦渋の討伐隊派遣なのだろうから。

しかしたとえ聞きいれられないとしても、彼女たちの身が危険に晒《さら》されるのを知りながら黙ってはいられなかった。

「気持ちはわかるが……討伐はやめておいたほうがいい。サイクロプスは強大だ。大人数で挑んでも返り討ちにあうだけだろう」

ブラットが忠告すると、ミーナはこれまでにない険しい顔でこちらを睨んだ。

「……部外者になにがわかる⁉　これまで何人も仲間が喰《く》われたし、やつを放っておけばこれからも喰われるにゃ。それを指をくわえて見ていろと⁉」

「そういうわけではないが……冷静に考えてくれ。サイクロプスは恐ろしく強く、人知を超えたバケモノじみた力を持っていると聞く。挑んだところで勝ち目はないばかりか、さらに犠牲者が増えるだけだ。ここは一度冷静になってほしい」

ブラットは諭すように言う。

「だとしても……もう集落で決まったことだにゃ。猫人族は平和を愛するが腰抜けじゃない。このままじわじわと弱らされていくのなら、討死するにゃ」

ミーナがやはり強い覚悟を秘めた瞳で言うと、その仲間たちもうなずいた。もはやサイクロプスに挑むのは決定事項のようだ。

ブラットが説得は難しそうだと判断して口ごもると、ミーナは話が終わったと思ったのか、こちらにくるりと背を向けた。

「……まあ、とにかくそういうことにゃ。おまえあまり強そうには見えないから、せいぜいサイクロプスやその配下に見つからないように気をつけるんだにゃ」

ミーナは肩をすくめてそう言いのこし、仲間たちと歩きだしてしまう。

ブラットは引きとめる言葉も思いつかず、彼女たちをそのまま見送った。

(作中の流れをそう簡単に変えるなっていう……神様からのお達しなのかもな)

胸にわだかまりのようなものが残っているのを感じながら、ブラットは息をつく。

ただでさえ、ブラットは自分の命のために史実を変えようとしているのだ。

余計な部分まで変えてしまえば、世界がどう変容するのかはもはや見当もつかない。作中で幸福だった人間を不幸にしてしまうことも十分にありうる。制御しきれない以上は、できるかぎりそういったことは避けねばならないとは思っていたが。

（どうしたものかな）

そもそもサイクロプスは強い。

『ファイナルクエスト』ではサイクロプスとの戦闘はレベル二五程度で乗りきれるのだが、実はサイクロプスをその戦闘で倒しきれるわけではない。

戦闘後にサイクロプスは第二形態になり、勇者たちを追いつめる。

そこで颯爽《さつそう》と現れて勇者を助け、とどめを刺してくれるのがブラットの師事するあの〝魔神殺し《デモンスレイヤー》〟グラッセ・シュトレーゼマンなのだ。

グラッセは肩書きに興味がなかったため、〝巨人殺し〟の名誉は勇者のものになって、勇者が大陸中に名をとどろかすきっかけにもなったのだが、グラッセがいなければそもそも勇者はあそこで敗北してしまっていただろう。

だから実質的なサイクロプスの強さは二五以上であり、レベル二〇に満たないミーナたちが束になっても当然のごとく倒しきれまい。そして、たとえいまのブラットが彼女たちに力を貸したところでその結果は変わらないだろう。

（しかし、討伐は一月後と言っていたか）

第二形態の強さは不明瞭《めいりよう》だが、それを加味しても四人のフルパーティーでレベル三〇前後あれば討伐は不可能ではないだろう。

（ひとりなら……四〇以上かな）

そんなことを考えながら――

ブラットはいまはなによりもレベリングをすることが最善と判断し、次なるターゲット《オリハルコンスネーク》を求めて迷宮を歩きだした。


それからの時の流れは、まるで早送りされているかのようにあっという間だった。

それもそのはずだろう。

倒せば倒すほどにレベルがガンガンあがり、さらには貴重アイテムまでドロップするうまいモンスター《オリハルコンスネーク》が、この迷宮には無限に湧《わ》いてくるのだ。前世で筋金入りのゲーマーだったブラットが、時を忘れて狩りに没頭してしまうのも至極当然と言えた。

そしてこの世界は『ファイナルクエスト』というゲームと酷似してはいるものの、あくまでもゲームでなく生身の現実だ。

レベルは自身の強さに直結するし、貴重アイテムを入手すればそれはそのまま自身の財産になる。

そう考えると、オリハルコンスネーク狩りの中毒性はゲームの比ではない。

なにしろ現実の自分がどんどん強くなり、億万長者になるという形容しがたい快楽をともなう行為と化しているのだから。

ブラットはもはや常にアドレナリンがドバドバの状態で、朝から晩まで一心不乱にオリハルコンスネークを狩りつづけた。

当初は数匹のオリハルコンスネークを狩るごとにレベルスカウターを使用し、自身のレベルを確認して悦に入っていたりもしたのだが、次第にそれもしなくなった。

レベリングを続けるうちに、少しでもレベルをあげたいという一種のゾーン状態に入り、いちいちレベルを確認する時間すらも惜しくなったのだ。

迷宮での毎日は、至極単純。

空腹が限界に達したらモンスターを煮るなり焼くなりして腹を満たし、眠気が限界に達したら死んだように眠り、それ以外は一心不乱にオリハルコンスネークを狩って狩って狩りつづける。それだけの日々だった。

そして――
そんな単調ながらもゲーマーにとってはたまらない毎日を過ごすうちに、気づけば一ヶ月という月日が経《た》っていたのだった。

四話　黒豚王子は英雄になる

1

「――もうすぐやつの根城にゃ！　みんな心の準備はできてるな？」

討伐隊《レイド》の先頭からミーナが声を張りあげると、仲間たちは力強くうなずいた。

迷宮スカイマウンテン、一四階層。

合計で四八名もの猫人族《ケットシー》の戦士がずらりと隊列を組み、ミーナの後ろに続いていた。サイクロプス討伐のために集った、猫人族で指折りの戦士たちである。

この一ヶ月の綿密な準備期間を経て、いよいよ今日が猫人族の運命を決めるサイクロプスとの決戦の日であった。

事前調査で次層の一五階層がサイクロプスの根城になっていることが判明しているため、討伐隊にはすでに張りつめたような緊張感がただよっていた。

討伐隊の面々はいずれも歴戦の猛者《もさ》だが、それでもみな緊張が隠せぬ様子でそわそわとしている。

集落をサイクロプスが訪れた日の惨劇を思えば、それもいたしかたない。

「……」

——あの日、やつは突然現れた。

なんの前触れもなく、それこそ天災と同じように、単眼の巨人サイクロプスは千にもおよぶ配下のモンスターを引きつれ、ミーナたち猫人族の集落に来襲した。

そして『今日からこの集落の王は俺様だ、命惜しくば魔王さまのために生贄《いけにえ》を差しだせ』と一方的に言いはなったのだ。

現在、魔王は休眠期に入っている。

さきの大戦の折に〝魔神殺し《デモンスレイヤー》〟グラッセ・シュトレーゼマンをはじめとする〝七英雄《ななえいゆう》〟に打ちたおされ、大きく力を削《そ》がれたからだ。

そのためいま大陸各地では魔王覚醒《かくせい》のため、魔王配下のモンスターが暗躍している状況らしい。

サイクロプスの生贄要求もおそらくその一環で、高純度の魔力の塊である人間を魔王覚醒の礎にするつもりなのだろう。

もちろん猫人族からすれば魔王覚醒の片棒をかつぐのも、そして生贄として仲間を差しだすのもごめんだった。だから集落はサイクロプスの要求をきっぱりと跳ねのけ、単眼の巨人と戦うことを選んだ。

そのときに矢面に立って戦ったのが当時の集落の長であり、集落最強の戦士と名高かったミーナの父であった。

だが猫人族の英雄と呼ばれるほどに強かった父は、魔王軍の最高幹部〝四魔将《よんましょう》〟のひとりを自称するサイクロプスの桁外《けたはず》れの力を前にまったく歯が立たなかった。

圧倒的な力の前に父は一瞬でねじふせられ、そして父をかばおうとした母とともにあの巨人にいとも簡単に命を奪われたのだ。

それはあっというまの出来事だった。

互いに互いをかばいあう父と母、そしてそんな二人をゴミのようになぎ払う圧倒的なサイクロプスの力。数ヶ月が経ったいまでも、ミーナはその日の惨劇を夢に見る。

そしてその度、なにもできなかった自分の無力さにさいなまれてきた。

（……絶対に負けられない）

しかし、それも今日で終わりだ。

犠牲となった父や母、集落の民のために、そして集落の未来のために、これ以上サイクロプスに勝手はさせない。今日でやつを討伐し、この悪夢を終わらせるのだ。

ミーナが大きく深呼吸しながらあらためて気合いを入れなおしていると、

「もっと肩の力をぬいたらどうだ、勝てるもんも勝てなくなんぞ」

声をかけてきたのは、ミーナの三つ歳上の従兄弟ユグルドであった。

両親が亡くなったことでミーナは齢一五で集落の若長となったのだが、ユグルドは力も経験もなにもかもが足りないミーナの補佐をしてくれている心優しき青年だ。

「そう気負うなよ。今日までやつの討伐のためだけに何度も話しあい、綿密に準備してきたんだ。猫人族の精鋭もそろってる。力を合わせりゃきっと勝てるさ」

「ああ……そうだにゃ」

このように心情を察して細やかな気遣いまでしてくれるため、ミーナはいつも彼に助けられてばかりだった。

ユグルドに笑みとともに励まされ、ミーナはどうにか笑顔を取りもどす。

いまだ不安は消えてはいない。

だがユグルドの言うとおり、今回の討伐のためにできるかぎりの準備はしてきた。そしてユグルドふくめ、頼りになるたくさんの仲間たちがいるのだ。

サイクロプスとのあいだに力の差はあるが、それでも勝算はある。

(大丈夫……大丈夫にゃ)

ミーナは自分に言い聞かせ、頬《ほお》を叩《たた》いた。

今回の討伐隊の指揮をとっているのは自分だ。自分が不安がっていれば、仲間たちにもその不安が伝染してしまう。毅然《きぜん》とした態度でいなければならない。

ミーナの不安をよそに迷宮攻略は順調に進み、討伐隊はついにサイクロプスの根城である一五階層へとたどりつく。

「……」

視界に広がったのは、一階層に似た神殿のごとき厳かな空間だった。

一五階層の大部分がこのように廃墟《はいきょ》然とした石づくりになっていて、サイクロプスがこの空間の奥部の神殿を根城にしていることは、事前調査ですでにわかっていた。

討伐隊は慎重に探索を開始しようとし——


「——これはどういうことにゃ⁉」


直後。ミーナは眼前の光景に目を見開く。

一五階層に入ってすぐの広大なドーム状の空間。武の帝国ムンガルのコロッセオを思わせるその場所になんと、膨大な数のモンスターが待ちうけていたのだ。

ゴブリン、コボルト、オーガ——比較的知能が高い亜人型モンスターを中心に、数百ものモンスターの群れがそこにはいた。

「なぜこんなにモンスターがいるにゃ⁉　出払っているはずじゃないのか⁉」

今日サイクロプスの配下の多くは生贄を引きとるために猫人族の集落を訪れており、この根城の警備は手薄になっているはずだった。だからわざわざ今日を討伐決行日に設定していたのに、なぜこれほどモンスターがいるのかわけがわからなかった。

しかもモンスターたちはただそこにいたというだけではない。それぞれが武装し、あきらかにミーナたちがここに来るのがわかっていた様子だ。

ミーナたち討伐隊がモンスターの群れに圧倒され、困惑していたそのときだった。


「――ガハハハハハ、よくきたなァ！　遅すぎて待ちくたびれちまッたよォ！」


群れなすモンスターたちの奥から、覚えのある野太い声が迷宮にとどろいた。

玉座のような場所にふんぞりかえっているのは、腰かけてもなおミーナたちが見上げるほどの巨躯《きょく》を誇る身の丈一〇メートルを超える単眼の巨人型モンスターだった。

その青白い屍人のような体色、巨大な手足に生えた鉤爪《かぎづめ》、ギザギザと鋭利にとがった牙《きば》、禿頭《とくとう》のてっぺんに突きだした一本の角――それらの身体的特徴のすべてが、その存在が人族でなく邪悪な闇《やみ》に属する存在だと告げていた。

「ご苦労なこったなァ……俺様を倒すためにこんな山奥までそんなにぞろぞろと引きつれて、俺様を出しぬけるとでも思ったかァ？」

――悪魔だ。

そんな言葉が口をついて出てしまう。それぐらいに単眼の巨人サイクロプスは、桁外れの禍々《まがまが》しい威圧感と存在感を放っていた。

見ただけで萎縮《いしゅく》させられるその巨大モンスターを前に、しかしミーナは討伐隊から一歩進みでて気丈にも声をあげた。

「どうして……にゃーたちが今日ここに討伐に来ることがわかっていた？　今日動くことはほぼ口外していなかったはず！」

今日の討伐隊派遣について知っているのは、集落のものたちと、交流のある一部の他国の要職のものだけのはずだ。

そもそもサイクロプスたちに人間とのツテがあるとも思えないし、情報がなぜ漏れたのかわからなかった。

当惑するミーナを愉しげに睥睨《へいげい》し、サイクロプスは鼻で笑った。

「ふんっ、バカがァ。貴様らちんけな猫どもの浅ましい考えなんざ、すべてお見通しなのよォ。おとなしく生贄を捧《ささ》げ、魔王さまの礎となっていればよかったものを。そのちんけな脳みそで四魔将のひとりたる俺様に歯向かおうとするから、痛い目を見ることになるのだ」

「くっ……なんで」

ミーナは歯噛《はが》みし、しかし冷静になる。

情報がどうして漏れたのかはわからないが、漏れたのはもはやどうしようもなく、それについて考えても無意味だ。

考えるべきはこの状況をどう切りぬけるかというその一点。

ミーナは今回の討伐隊の長として、サイクロプスとこの数百ものモンスターに囲まれている絶望的な現状を打破する方法を考えねばならないのだ。

だがどれほど考えてみても、そんな方法は見つからない。

方法がないからこそ、モンスターたちの多くが出払っている今日を決行日に設定したのだという結論にいたるだけだった。

「くっ、サイクロプスだけなら……なんとかなったかもしれないのに」

ミーナが悔しげにぼやくと、サイクロプスはプッと吹きだすように嗤《わら》った。

「愚かな……このサイクロプスだけならばどうにかなっただとォ？　貴様はこの俺様を笑い死にさせるつもりかァ？　だとしたら、策士よのォ。ちんけで非力な猫人族にそんなユーモアがあったとはなァ、ガハハハハハ！」

配下のモンスターたちもサイクロプスに誘われて嗤いだし、空間全体に不気味な哄笑《こうしょう》がさざなみのように広がった。

討伐隊がそんな敵地の空気に完全にのまれて萎縮していることに気づき、ミーナはこのままではまずいと声をあげる。

「……なにがそんなにおかしいにゃ⁉　ひとりで十分ならこんなに手下を侍らせてないで、ひとりで待っているはず！　でかい図体《ずうたい》でえらそうにふんぞりかえっているが、ひとりで勝つ自信がなかったんだろう⁉　にゃーたちが怖かったんだろう⁉」

煽《あお》りかえすミーナに、しかしサイクロプスはわずかにも気を荒立てることはない。

余裕しゃくしゃくといった様子で肩をすくめる。

「……強者《つわもの》と言えど、常にイレギュラーは想定すべきだァ。貴様らちんけな猫どもに負ける気はせんが、万一〝七英雄〟でも連れてこられたら、さすがの俺様でも敗北する可能性が少しはあるからなァ。念には念を入れたにすぎん」

ミーナはごくりと生唾《なまつば》をのむ。

このモンスターの恐ろしいところはその強大な力はもとより、それに驕《おご》ることのないこの冷静さなのだと思い知らされる。

(勝ち目が……見つからないにゃ)

付けいる隙がまるでなかった。

サイクロプス単体でさえ勝機がぎりぎりあるかどうかというレベルだったのに、サイクロプスはその強さに驕らずに数百もの配下を手駒として用意している。多勢に無勢で襲いかかってこられたら、討伐隊には万にひとつも勝ち目はない。

万事休すか、とミーナが歯をぐっと食いしばっていると——

「しかし……そうだなァ、今日はひとりで相手してやるとするかァ」

サイクロプスは思いついたようにそう言い、不気味な微笑を浮かべる。

ミーナがなにを言っているのかといぶかしげな視線を向けると、サイクロプスはそれにこたえるように視線を自身の傍らに動かす。

そこには禍々しい眼球のようなもの——おそらくなんらかのモンスターだろう——が宙にぷかぷかと浮かんでおり、ぎょろぎょろと周囲を見回していた。

「今日はあの御方もこのイビルアイを通してこの場を見てくださっている。貴様らと遊んでやるのも余興にはちょうどよかろう」

サイクロプスが玉座からゆっくりと立ちあがり、そしてそれだけの動作で迷宮が激しくゆれて地響きとともに地震が起こる。

サイクロプスが顎《あご》をくいとやると、配下の数百ものモンスターたちが一斉に後退し、サイクロプスのために道を開けた。

本当にひとりで戦うつもりのようだ。

（……なんにしろ、ありがたいにゃ）

なぜサイクロプスが急にそのような甘えを見せたか理由はわからない。

しかし圧倒的に有利な状況をつくっておきながら、あえてひとりで戦ってくれるというのだ。ミーナたちからすれば、ありがたいというほかかない。

ミーナが愛剣に手をかけてちらと背後に視線を送ると、仲間たちはわかっているというように力強くうなずき、それぞれの武器を構えて臨戦態勢に入った。

無限にも感じられる数秒間。

サイクロプスと討伐隊は睨《にら》みあい――

「かかってこい、雑魚《ざこ》どもめが」

そんなサイクロプスの嘲笑《ちょうしょう》が、猫人族の運命を握る決戦開始の合図となった。

2

サイクロプスと猫人族の運命を賭《か》けた激闘が始まった、ちょうどその頃――

「……」

その闘いの様子を、はるか遠方の地からのぞきみているものたちがいた。

そこは世界のどこかにある会議室。

室内は薄暗く、内装は確認できない。わかるのは中央に円卓があって、それを幾人か――十に満たない少数――で囲んでいるということのみだった。

そして円卓には、スカイマウンテンでまさに戦闘中の猫人族とサイクロプスの姿がホログラムとして立体的に映しだされていた。

そんなホログラムをながめるひとりが、幼い少年の声でおもむろに言った。

「……グラッセよ。おぬしがいきなりスカイマウンテンの深部を見せろと言うから映してやったものの、こんなものをわしらに見せてどうするつもりじゃ？」

しかしその向かいに腰かけている当人——〝魔神殺し《デモンスレイヤー》〟グラッセ・シュトレーゼマンはその問いには答えず、というか一切反応することすらなく、いつもの軽薄な笑みを浮かべてホログラムに見入っていた。

端的に言えば、ガン無視だった。

「……ナチュラルに無視すなっ！」

少年がドンッと卓を叩《たた》いて声を荒らげるが、それでもグラッセは無反応。

なにを隠そうこのグラッセという男、熱中すると途端にまわりが見えなくなってしまうタイプの人間なのだった。

「だぁかぁら……わしを無視するなあああああああああああああ‼」

「マリンちゃん、まあまあ～♥」

苛立《いらだ》って激しく地団駄を踏む少年を、おっとりとした女の声がとめる。

「グラッセちゃんってば、昔からそういうとこあるじゃな～い？」

「セリエ……そ、それもそうじゃな。昔からこやつは人の話を聞かん。わしのほうがうん百歳は年長じゃし、大人にならねばな。あとわしの名はマーリンじゃ」

「それにマリンちゃんってわたしたちのなかでも、昔からちっちゃくて目立たないとこあるし～？

もうちょっと自己主張したら気づいてくれるんじゃな～い？」

好きでちびなわけじゃないわい！　と少年は不機嫌そうに突っこむ。

「そもそもわしが目立たぬのは背丈のせいでなく、〝魔神殺し《デモンスレイヤー》〟だの〝救世の聖母《セインテス》〟だのおぬしらが大層な肩書きで目立ちすぎなだけじゃ！　わしはこれでも、魔法都市《エンデイミオン》では弟子どもからはちゃんと崇拝されとる！　あとマリンじゃなくて、マーリン！」

「え～マリンちゃんのがかわいいのに～♥」

そうなのだ。

このように子供じみたじゃれあいをしている二人だが、しかし世間では〝救世の聖母《セインテス》〟やら〝大賢人《ワイズマン》〟やらと崇《あが》められる存在であり、各々がグラッセと同じように魔王を打倒した〝七英雄〟のひとりなのだった
彼らだけではない。

沈黙をつらぬく残りの面々も同様だ。

全員が〝七英雄〟と呼ばれる、諸国で一目も二目も置かれる存在であり、なかにはその名声を使って一国の王となったものすらもいる。

一声で大国そのものを動かすことが可能なものも少なくないのだ。

この〝円卓会議〟は〝七英雄〟のひとりが発起人となり、魔王打倒後にちりぢりになった〝七英雄〟が定期的に集う会合なのだった。

「きみたち……さすがにうるさいなっ☆」

黙っていたグラッセが、そこで口を開く。

その声音はわずかに苛立っていた。どうやらあまりにセリエとマーリンが騒がしく、ホログラムの映像に集中できなかったらしい。

「……いや、おぬしのせいじゃから！　わしらがうるさいのぜんぶ、おぬしが無視したのが発端じゃから！　被害者ぶるのはやめい！」

「……」

「だから、そこでまた無視すなっ！」

「ああ、ごめんねマーリン☆　きみが小さすぎて気づかなかった☆」

いかにも悪気がなさそうに悪気しかないことをのたまうグラッセ。

なにをおお！　とマーリンがいまにもグラッセに殴りかかりそうになったところで、セリエが再度「まあまあ～♥」と割って入る。

セリエはマーリンをなだめながら、

「それでグラッセちゃん、なんでわたしたちにこれを？　魔王の配下と人族との争いなんて、どこでも起きていることでしょ～？　わざわざこの〝円卓会議〟でわたしたち全員に見せるということは……この戦いにはなにかあるのかしら？」

「んっ？　別にきみたちに見せたいわけじゃないよ☆　ぼくが見たかっただけ☆」

なに食わぬ顔でそんなことをのたまうグラッセに、一同は唖然《あぜん》とさせられる。

だがグラッセという男がそういう男だということを思いだし、やがてやれやれといった調子でみな同時に息をついた。

「そんなことだと思ったわい。それならもう消すぞ。時間はかぎられておる。まだ話しあわねばならぬことがいくらでもあるのじゃ！」

「あ、待って☆　見ても損はないと思うよ」

マーリンが呆《あき》れかえってホログラムをさっさと消そうとすると、しかしグラッセは飄々《ひょうひょう》とした調子でそれをとめる。

「……なにがどう損はないのじゃ？　戦いの勝敗は火を見るよりあきらかじゃし、わしにはかの死霊使いのように人族が死にゆくさまを愉しむような嗜好はないぞ」

「ハハハ、ぼくにもそんな嗜好はないよ☆」

じゃあなぜ？　と訊《たず》ねようとしたマーリンだが、

「ここにはブラットくんがいるんだっ☆」

それをさえぎってグラッセはそう続けた。

ブラット？　とマーリンはいぶかしげに眉《まゆ》をひそめ、ほかの面々も心当たりがないらしく、その多くが首をかしげていた。

「……ああ、おぬしが弟子にしたとかいうピシュテルの第一王子か。そういえば、なぜ弟子など取った？　おぬしは弟子どころか人付き合いのすべてを忌避していたような男じゃろう？　それがなぜいまさら弟子など？」

「……」

訊ねるマーリンだが、またグラッセはお得意の無視を決めこむ。

「……無視無視無視！　都合が悪かったり面倒だったりすると、いつもおぬしは無視じゃ！　まあ……その愛弟子とやらを自慢したかったということでいいのか？」

「……」

ふたたび当然のごとく無視されたものの、マーリンはもはや突っこむのも面倒だという調子でため息をつきながら、

「だがその弟子がこのスカイマウンテンに居合わせたところで、あのデカブツには手も足も出まい。見たところ、あのサイクロプスは力だけのバカでもなさそうじゃ。おぬしの弟子と王子アルベルトとの戦いは観戦したが、あの程度では即死じゃろう。あのデカブツはアルベルトよりも強いんじゃからな。おぬしの弟子のセンスがいいのは認めるが、基礎能力が低すぎるわい」

マーリンの見立ては、実際に正しかった。

アルベルトと戦ったときのブラットでは、サイクロプスには間違いなく歯が立たないだろう。戦

い方を工夫しようが、そもそも能力が違いすぎる。

蟻《あり》がどれだけ工夫しようとも、ドラゴンには敵うまい。それと同じだ。

「でもそれって一月以上前の話だよね☆」

だがグラッセは変わらず軽薄な微笑を浮かべ、そんなことをのたまう。

いまならば——違う。

そのようなニュアンスが、グラッセの言葉の端々からは感じられた。

「……そうじゃ一月以上前の話じゃ。でも、じゃからどうした？　卑小《ひしょう》な人間ごときが、一月程度ではなにも変わりゃせんよ。わしでもあのデカブツとやりあえるレベルに達したのは、三〇〇歳ぐらいじゃろう。一月であのバケモノとやりあえるぐらいに成長できるとすれば……それこそ本物のバケモノじゃろうて」

マーリンが鼻で笑うと、ほかの面々も同意するようにくすりと笑みをこぼす。

当たり前だ。

たったの一月でそれほどに強くなれる人間など、この世に存在するわけがない。

少なくとも、いままで彼らが見てきた人間のなかにはいなかった。人類最強と呼ぶにふさわしい存在である彼ら自身のなかにも、だ。

だがグラッセはただひとり——

「そうなんだよね、彼はバケモノなんだ☆」

ほかの面々とは違った意味合いで、くつくつと笑みをこぼす。

それから「まあ見ててごらんよ☆」と少し得意げに言い、眉をひそめる英雄たちの目を強引にホログラムへと向けさせるのだった。

3

「――放て‼」

ミーナの号令で、射手隊が一斉に矢を放つ。

そしてそれに少し遅れて魔術師隊が呪文《じゅもん》の詠唱を完成させ、火球や雷撃など各々が得意とする攻撃魔法を一斉に放った。

数十もの矢が、数十もの火球や雷撃が。

すさまじい速さで宙を駆け、サイクロプスへと襲いかかる。猫人族の猛者《もさ》たちの卓越した技術により、それらはすべて的確に単眼の巨人の眼球へと向かっていた。

(眼《め》さえつぶしてしまえば……)

――サイクロプスの眼。

それはただ〝見る〟ためだけのものでなく、膨大な魔力が秘められた魔眼だ。

サイクロプスは力の多くを魔眼に依存しており、実はそれさえつぶしてしまえば、その力は大きく弱体化される。

そんな前情報もあり、今回の戦いの初動で眼を一点集中でねらうということは事前に決まっていたのだった。

そして次の瞬間、討伐隊後衛陣による総攻撃が巨人に豪雨のように降りそそぎ――

「――――」

直後――ズドンッ‼　と。

魔術師隊の攻撃魔法が混ざりあい、サイクロプスの顔面で大爆発が巻き起こる。

（にゃーたちをなめたことを後悔しろ！）

爆発のすさまじさに目を細めつつ、ミーナは不敵な笑みを浮かべた。

いかに狡猾《こうかつ》なサイクロプスであろうと、戦闘開始直後にこれほど全力で眼をねらわれるとは思っていなかったのだろう。

防御も回避も満足にできなかったようで、もろに総攻撃を顔面に受け――

「……眼が、俺様の眼がああああ‼」

両手で眼を押さえながらよろめき、サイクロプスは痛々しい絶叫をとどろかせた。

そこに生まれた隙をミーナは見逃さない。

「――全隊、総攻撃‼」

ミーナは号令し、地を蹴《け》った。

後衛陣は巨人の眼をつぶし、しっかりと役目を果たしてくれた。ここから勝負を決するのは前衛たるミーナたちの仕事だ。

「……」

双剣を手に迷宮を駆けぬけるミーナ。

ほかの戦士も鬨《とき》の声《こえ》とともにミーナに続き、地面を滑るような速さで疾走する。

そして眼前の恐ろしき巨人へと雪崩《なだれ》のように詰めかけ、その巨大な右脚を次から次へと剣で斬りつけ、槍《やり》で突《つ》きさしていく。

猫人族全員のこれまでの想《おも》いがこめられたかのごとき怒涛《どとう》の総攻撃を受け——

「……ぐあああああっ」

サイクロプスの山のような巨躯《きょく》がついに、ぐらりとかたむく。

それを見て、ミーナは慌てて戦士たちに後退するように指示した。巨体が倒れ、事故で押しつぶされることを危惧《きぐ》したのだ。

直後。思ったとおりサイクロプスはゆっくりと崩れおち、だが片方の膝《ひざ》をついて棍棒《こんぼう》を杖《つえ》代わりに使うことで踏みとどまった。

「くっ、まさか……俺様がこんな雑魚《ざこ》ども相手に膝を屈することになるとはァ」

しかし息もたえだえで焦燥と驚愕《きょうがく》の声を漏らすその姿を見て、ミーナは巨人がかなり弱っていることを確信する。

決めるなら――いまだ。

「父や母……そして集落の民の恨み、ここで貴様を討ちとって晴らしてくれる！」

行くにゃ！　とふたたび号令をかける。

討伐隊の面々はそれを待っていたとばかりに大きな咆哮《ほうこう》でこたえ、我こそがとどめを刺さんとサイクロプスに再度殺到した。

「ま、待て……命だけはァ！」

後衛の総攻撃で眼をつぶされ、前衛の総攻撃で右脚をつぶされ、サイクロプスはもはやこの総攻撃になすすべもない――


「なあんてなァ」


――はずだった。

直後。苦痛にあえいでいたはずのサイクロプスの口端がニッと吊《つ》りあがり、まるで死神のように、裂けるように不気味に広がった。

「な……!?」

直後――ブンッ‼　とサイクロプスの腕がその巨体からは想像もできぬ高速で動き、サイクロプスに殺到していた討伐隊の面々を棍棒でなぎ払った。

ミーナをふくむ数人はぎりぎりで後方に回避したものの、残りの戦士たちはもろに棍棒をその身に受ける。

ドラゴンの突風にでも煽《あお》られたように吹っとび、迷宮の硬質な壁面に激しく叩《たた》きつけられた。

「大丈夫か⁉」

慌てて声をかけるが、返事はない。

戦士の多くが意識を失ったらしく、動かなくなっていた。

猫人族は体が丈夫なので命に別状はないだろうが、あの勢いでは脳震盪でも起こしたのだろう。

一撃で歴戦の猛者たちを気絶させるとは信じられぬ腕力だ。

ミーナは舌打ちをしつつも状況を把握せねばとサイクロプスへと向きなおり、

「ど……どういうことにゃ⁉」

驚愕に目を見開いた。

さきほどあれだけ苦痛にあえいでいたサイクロプスが、不敵な笑みを浮かべ、なんと何事もなかったかのように立ちあがっていたのだ。

「なんでピンピンして……それに眼が⁉」

そしてなにより、その眼。

初動で完全につぶしたはずのサイクロプスの眼球が、無傷でぎょろぎょろとうごめいてこちらを睥睨《へいげい》していた。

「……バカが、そのちんけな頭で考えてもみろォ？　俺様が明白な弱点の眼をそのままにしておくと思うかァ？　対策をしているに決まっているだろうがァ」

サイクロプスはやれやれといった調子で首をこきこきと鳴らしながら棍棒をかつぎあげ、それからちらと視線を迷宮の一角に向けた。

そこには、なにやら呪文を唱える数体のゴブリンメイジの姿があった。

ゴブリンメイジは呪《のろ》いや妨害の魔法を得意とするゴブリンの亜種だ。

味方モンスターへの攻撃を阻む強固な魔法壁を展開する第三位階の付与魔法〝クリアシールド〟は非常に厄介で、あれを展開されると効果が切れるまで攻撃がほぼ通らなくなる。そのため群れのなかに見つけたら最初に倒せと言われるモンスターの筆頭である。

どうやらやつらが魔法壁を展開し、サイクロプスを守っていたらしい。

「……卑怯《ひきょう》にゃ！　ひとりで戦うと言ったのに、魔法で守ってもらっていたのか！」

不平を訴えるミーナを、サイクロプスは鼻を鳴らして一笑に付す。

「ふんっ、命の奪いあいに卑怯もクソもあるかよォ。実際に戦うのは俺様だけなのは事実だし、そもそもあいつらに魔法で守ってもらったのは眼だけだしなァ」

眼、だけ？　とミーナは眉《まゆ》をひそめる。

魔法で保護していたのは眼《め》だけ。その言葉が真実ならば、サイクロプスはミーナたち前衛陣による総攻撃を生身で受けたことになる。

そして実際に総攻撃を受けたサイクロプスの右脚は、小さな傷こそあれどほぼ無傷に見えた。

つまり生身でこちらの総攻撃を受けておきながら、なんらダメージを受けていないということだ。

「そんな、まさか……」

ごくりと生唾《なまつば》をのむ。

サイクロプスのまとう魔力を見るかぎり、不自然な魔力の動きがあるのは確かにサイクロプスの眼の部分だけだった。

その事実から客観的に考えると、やつの言葉はおそらく真実。本当に魔法で守らせていたのは、眼だけだったようだ。

『あれだけやったのに無傷だと……⁉』

『嘘《うそ》だろ、まったく効いてなかったのか』

『そ……そんなの勝てるわけねえだろ！』

仲間たちも理解したらしく、その表情が徐々に絶望にそまっていく。

間違いなく前衛陣の攻撃は全力だった。

猫人族の歴戦の猛者《もさ》たる戦士たちが、各々が出しうる最高の一撃を怒涛のようにサイクロプスに叩きこんだのだ。

それをゴブリンメイジの魔法の守りなしに生身で受けてノーダメージだったとなると、仲間たちの言うとおり、勝てるわけがない。単純にこちらの攻撃がダメージを一切与えられないということになるのだから。

「そうだ、その顔だァ……俺様はよォ、そうやって希望から絶望へと変わる人間の顔を見るのがなによりも好きなんだァ。痛くもかゆくもなかったが、がんばって猿芝居をした甲斐《かい》があったってもんよォ」

ガハハハハハというサイクロプスの哄笑《こうしょう》が、迷宮に空虚に響きわたった。

まともに戦ったわけじゃない。

まだ単に初動が防がれただけだ。

にもかかわらず圧倒的な実力差を見せつけられたことで、討伐隊の面々はあきらかに戦意を喪失しつつあった。

「まだにゃ、まだ負けたわけじゃ……！」

ミーナがこのままではまずいと思い、討伐隊の長として戦士たちを奮いたたせるために声をあげようとした——その、瞬間だった。

「いーや、もう終わりだなァ」

にゅっとサイクロプスの手が横合いから伸びてきて、ミーナをわしづかみにした。

そのまま軽々と宙に持ちあげられる。

「放せ、くそっ……放せっ！」

逃れようともがくミーナだが、サイクロプスの腕はびくともしない。

その圧倒的な握力から逃れるすべはなかった。じたばたするミーナを余裕の表情で見つめ、サイクロプスは蛇のように長い舌で舌舐《したな》めずりする。

捕食するものと捕食されるもの。

生々しい仕草でその立場を再認識させられ、ミーナは戦慄《せんりつ》を禁じえない。

『——わ、若長をお助けしろ！』

討伐隊の戦士たちがそこで我にかえって声を張りあげ、各々武器を構えなおしてサイクロプスに総攻撃をしかける。

しかしすさまじい勢いで斬撃と刺突を浴びせたものの、サイクロプスは微塵《みじん》もダメージを受けていなかった。

いやそれどころか、その場から一歩も動いてすらいなかった。

「うっとうしい、去ね」

そしてサイクロプスが軽く腕を一振りしただけで、まるで虫けらのように討伐隊の戦士たちが吹っとんでいく。

たったの二度——腕を振るうというただそれだけの動作で、猫人族の歴戦の猛者ぞろいの討伐隊はほぼ壊滅へと追いこまれていた。

サイクロプスは手のミーナへと視線を戻し、愉しげに嗤《わら》った。

「小娘……あの生意気な長の娘らしいが、俺様に歯向かった父の愚行を見てなにも学ばなかったようだなァ。貴様の愚行がどんな結果を生むか、その目で見るがいい」

「な……なにをする気にゃ⁉」

サイクロプスはミーナをつかまえているのとは別の手で、手近に転がっていた瀕死《ひんし》の猫人族の戦士をつまみあげ、握りしめた。

『ぐあああああああっ‼』

圧倒的握力で絞めあげられた戦士は痛ましい絶叫をあげ、血塊を吐きだす。

サイクロプスがもう少し力を入れれば、それだけで圧殺されてしまうだろう。それこそ人間が害虫をつぶすような手軽さで。

「や……やめてくれ！　にゃーならどうなってもいい！　だから仲間は！」

「無理だなァ。こうして俺様に挑んだのだ、貴様らも覚悟はしてきたのであろう？　そうだ、これからひとりずつ貴様の前で殺していってやろォ。死にゆく仲間たちを見て、自分の無力さに打ちひしがれて絶望するがいい」

ミーナの懇願が聞きいれられるわけもなく、サイクロプスは下卑た笑みとともに戦士を握る手にさらに力をこめる。

戦士の絶叫が迷宮に響きわたり、ミーナの鼓膜を激しく殴りつけた。

（なんで、やめて……）

覚悟はしてきたつもりだった。

今回の戦いで自身が命を落とすのも、そして仲間が命を落とすのも、しかたないと非情になって割りきっているはずだった。

（もう、やめてよ……）

しかし、ダメだった。

覚悟なんてできていなかった。甘かったのだ。心構えも、そしてこの圧倒的なバケモノに対する認識も、ぜんぶが甘すぎたのだ。

もっと冷静に考えるべきだった。

猫人族最強の戦士である父がなにもできずに負けた理由に、もっとしっかりと向きあうべきだった。父が負けたのは運が悪かっただけだと自分をあざむき、戦士たちをそろえて準備さえすれば今度こそ勝てるとミーナは皆を扇動した。

サイクロプスの言うとおり、そんなミーナの愚行のせいで皆は死ぬ。眼前の圧倒的なバケモノに虫けらのように殺されるのだ。

最初から、勝ち目なんてなかったのに。

（助けて……）

ついそんな言葉が心のうちでこぼれる。

父と母が命を落として若長となったとき、仲間の死に涙を流す集落の民を目にしたとき、弱音は吐かないと決めたはずだった。

けれど目の前で苦しみもがく仲間を見て、ついに感情があふれてしまった。

自分はいい。こうなったのはすべて自分のせいだ。

だけど仲間たちは違う。仲間たちはミーナの愚行に巻きこまれただけだ。本来はこのような目に遭うはずではなかったのだ。仲間たちだけは――助けてほしかった。

天使でも、悪魔でもいいのだ。

代償ならなんでも払う。

だから、だから――

「誰か……助けて」

あふれだした感情はとめようもなく、洪水のように心のうちで氾濫《はんらん》する。

そして一筋の涙となって頰《ほお》を伝ってこぼれおち――しかし、その刹那《せつな》だった。


――シュンッ!!


雷光のようなものが視界を閃《ひらめ》いた。

そして眼前で苦しんでいたはずの仲間と、仲間を絞めあげて苦しめていたサイクロプスの手が、なぜか視界から消えていた。

直後。ふわりと宙を舞うような浮遊感。地面に打ちつけられる寸前で、自分がサイクロプスの手から解放されたことに気づき、ミーナは慌てて受け身をとった。

「――あがああああああァッ‼」

瞬間。サイクロプスの悲鳴がとどろいた。

さきほどの演技とは違い、聞いただけで本気の悲鳴だとわかる絶叫だった。

見るとサイクロプスは両腕から大量に出血しており、手首よりさきはなにものかに斬りおとされたかのような切断面を見せていた。

さらに視線を動かすと、さきほどまでミーナたちを絞めあげていた巨人の両手が転がっており、もう一方の手のそばに仲間が倒れているのを見つけた。

苦しそうだが息はあるようだ。

(でも、いったい誰《だれ》が……⁉)

一撃でサイクロプスの両腕をこれほど鮮やかに斬りおとせるような戦士は討伐隊にはおらず、ミーナに心当たりもなかった。

いぶかしさを感じながらミーナが顔をあげると――

「……遅くなってすまなかった」

気づけば目の前にひとつの人影が現れ、ミーナに手を差しのべていた。

貴公子然とした微笑をこちらに向けてきているその男は、魅惑的な褐色の肌ときらめく銀糸のような髪が特徴的な美貌《びぼう》の少年。

「おま、えは……？」

ミーナはその男に見覚えがあった。

痩《や》せていて見違えたが、その凛々《りり》しい顔立ちは間違いない。

それはこのスカイマウンテンで一月前に遭遇した男。

ピシュテル王国の子爵だと名乗ったブラットという若き貴族だった。

「なんで、ここに……？」

美貌の少年、ブラットの手をとって立ちあがり、ミーナは首をかしげる。

なぜ彼がここにいるのかわからなかった。

猫人族とピシュテル王国は大きなくくりでは同盟関係にあるものの、決して深い仲というわけではない。そもそも距離的に離れているために交流自体がなく、わざわざ危険をおかしてまで助けるメリットもないからだ。

だからこそ一月前にここで彼に遭遇したとき、ミーナは救援要請は行わなかった。助けてくれるわけがないと思ったから。

だがブラットは整った面差しに貴公子然とした微笑を浮かべると、

「愚問だな。貴女のようなかわいらしい女性がこのような窮地にあるのだ。駆けつけるのに特別な理由など必要ないだろう？」

当たり前のようにそんなことをのたまう。

その不意打ちをもろにくらい、ミーナは顔をみるみる真《ま》っ赤《か》にした。

「ななな、なにを言って⁉ じょ、冗談を言っている場合じゃないにゃ」

ミーナはしどろもどろになりながらどうにかそう返したものの、いっぱいいっぱいであることを隠しきれずに声が裏返ってしまう。

一月前にも同様のことで狼狽《ろうばい》してしまったので情けないとは思うものの、いたしかたない。なにしろミーナはこれまでの生涯で男と惚《ほ》れた腫《は》れたの関係になったことがなく、免疫が皆無なのだから。そうそう慣れられない。

そもそもこのような美男子に手の届くほどの至近距離でまっすぐ目と目を合わせて〝かわいい〟などと言われれば、ミーナでなくても大多数の女がぽんこつと化すはずだ。

それぐらいにこのブラットという貴族は見目麗しく、むしろ赤面しながらも反応できただけ自分は褒められるべきなのだとすら思ってしまう。

そんなふうに自分に言い聞かせて冷静さを取りもどそうとするミーナだが――

「冗談ではないのだがな……俺は世辞が苦手だ。自己評価が低いようだが、貴女は貴女が思っているよりもずっとかわいらしい」

そこにブラットが悪戯《いたずら》な微笑を浮かべ、そうやって追いうちをかけてくるものだから、もうたまったものではない。

ブラットは続けて「……人気すぎて同人誌めちゃ出てたしな」とぼそりとつぶやいたものの、ミーナはすでにぽんこつのなかのぽんこつに成りはてててしまっていて、「ううぅっ」と唸《うな》り声をあげて赤面していたために聞いていなかった。

（む……無理、まじで無理にゃ）

脳内にはもはやそんな知能指数の低そうな言葉しか浮かんでこない。

りんごのように真っ赤な顔で硬直するミーナを、ブラットは幼子を見守る親のようにおだやかな表情で見つめて微笑《ほほえ》みかけてきた。

それからひとつ息をつき、

「とはいえ……そのようなことを言っている場合ではないのは確かだな」

と言いながらまわりをちらと見回し、打って変わった真剣な顔になる。

そんなブラットを見て、ミーナもハッとあたりを見回した。

サイクロプス配下の数百ものモンスター。

それが相変わらずブラットとミーナたち討伐隊を包囲しているという状況だった。

さきのサイクロプスの指示を守っているのか、モンスターたちが一体たりともこちらに手を出してこないのがまた不気味だ。

とにもかくにもブラットが落ちついているので気がぬけてしまっていたが、どう考えてもこのようにじゃれていられる状況ではない。

（そういえば、サイクロプスは……）

思いあたって視線を送ると、サイクロプスはいまだに両腕を斬りおとされた激痛に苦悶《くもん》の声をもらしていた。

だがその近くには多くのゴブリンメイジが集まって回復魔法を唱えており、すでに腕が根本からじわじわと再生しはじめている。

「そんな……！」

ミーナのなかで絶望がさらに色濃くなる。

サイクロプスはミーナたち討伐隊の総攻撃を受けてなおほぼノーダメージだった。

それほどの並外れた耐久力を持っていながら、傷を負わせてもゴブリンメイジに回復させられてしまうとなると希望の欠片《かけら》もない。

だがブラットは腕を再生させるサイクロプスをながめながらも焦った様子はなかった。

むしろ少し愉しげな表情をしているのは気のせいだろうか。

「そうか……サイクロプスとの戦闘ではゴブリンメイジが一緒に湧《ポップ》いてくる《する》んだったっけ。あいつらボスを回復させたりこっちに弱体化魔法《デバフ》をべらぼうにかけてきたりで、一周目はかなり苦労させられたなあ。なつかしい」

「？　やつと戦ったことがあるのかにゃ？」

ミーナが首をかしげると、ブラットはハッとした顔をする。

「あ、いや！　こちらの話だ」

それからそう言ってハハハとごまかすように笑うものの、どちらの話だと思う。

ブラットにはいろいろと訊《き》きたいことはあるものの、それよりもいまはこの状況にどのように対処するかが最優先だ。

「相手は……無限に回復するサイクロプスにくわえ、数百ものモンスターの群れ。一方でにゃーたちの討伐隊は壊滅状態で、満足に戦えるやつは残っていない。やっぱり勝ち筋がないにゃ、こうなるとやっぱり逃げるしか……」

「そうだな、貴女がたは傷を負った仲間を連れて引いたほうがいいだろう」

ミーナが冷静に結論づけると、ブラットがそれにうなずいて同調する。

「貴女がたはって、おまえはどうするにゃ？」

その言い方をいぶかしがるミーナ。

するとブラットは柔軟をするように首をぐるりと回しながらミーナに背を向け、サイクロプスのほうへと向きなおり——

「やつを……討伐する」

さらりとそう答えた。

そして迷いなくサイクロプスのほうへと歩きだすものだから、ミーナはブラットの腕をつかんで慌てて引きとめた。

「な、なにを言ってる⁉　無理に決まってるにゃ⁉　確かにおまえは腕が立つようだし、やつの腕を落としたのを見てもしやと思ったが……結果はあれにゃ。傷つけてもまたゴブリンメイジに回復されてしまう。勝ち目なんてないにゃ。おまえだってこの前会ったとき、そう言ってただろう⁉」

確かにこのブラットという貴族は一瞬でサイクロプスの両腕を落とした強者《つわもの》だが、しかしそれは不意を打てたからにすぎないだろう。

あの巨躯《きょく》からくりだされる豪腕と真正面から渡りあうのはやはり無理だ。

サイクロプスがこれから警戒を強めるとなるとまた不意を打てるとは思えないし、万一そんな幸運が訪れたとしても、ゴブリンメイジに回復されてしまうだけだろう。

サイクロプスの強さはもう骨身にしみた。

あれは人間が敵う相手ではない。

そしてサイクロプスはただ強いだけでもないのだ。狡猾《こうかつ》なうえに半不死身のバケモノ。勝ち目なんて万にひとつもありはしない。

一月前にこのブラット自身もそう言って討伐を中止するようにミーナに忠告していたし、その恐ろしさはわかっているはずだが——

「だとしても……このまま逃げたところで、そちらの集落の状況は好転しないだろう？　やつは今回のことを引きあいに出し、さらに過剰な生贄《いけにえ》を要求してくるはずだ。そんな状況には貴女がたも耐えられまい」

「それはそうだが……しかし！」

反論しようとするミーナに首を振り、ブラットはミーナを安心させようとするようなおだやかな微笑を浮かべた。

「別に貴女がたに戦えと言っているわけではない。俺が勝手にひとりで戦うだけだ。もしも俺が負けたところで、貴女がたに被害はない。ピシュテルの貴族がひとり不運にも命を落とすだけだ。そもそも逃げるにしても、手負いの仲間を連れていくとなると時間が必要だろう。俺がその時間を稼ぐから、貴女がたはそのあいだに引いてくれ」

「そ……そんなのなおさらできないにゃ！　余所《よそ》者のピシュテルの貴族にそこまでしてもらう義理もないし、それに……！」

「義理がどうだとかを言っている場合ではない。いいから行ってくれ。こんなことをしてるあいだにも、サイクロプスが――」

ブラットがそう言いかけたときだった。

「逃がさねえよォ」

その言葉を上から押しつぶすように、威圧感のある声が響いた。

視線を向けると、禍々《まがまが》しい魔力をまとうサイクロプスの姿があった。

気づけば斬りおとされた両腕はゴブリンメイジの魔法で完全に再生され、その腕に棍棒《こんぼう》をかついでこちらを鋭く睥睨《へいげい》していた。

額に無数の血管が浮きだし、あきらかに激昂《げきこう》している様子だった。

（なんという魔力にゃ……！）

若長としてちょっとやそっとのことでは動じないように訓練してきたミーナだが、その圧倒的な魔力には恐怖せずにはいられない。

これまででも桁外《けたはず》れにすさまじい魔力だったのに、さらに強大さを増している。さきほどまでは、まだまだまったく本気ではなかったようだ。

あれと戦ってはいけない。いますぐに全力で逃げるべきだ。

種としての生存本能がミーナに全力でそう警鐘を鳴らしていた。

「余興として遊んでやっていたが……興が完全に削《そ》がれちまったぜェ。全員……一匹たりとも逃がさねえ。ここにいるやつらも、クソ猫どもの集落のやつらも皆殺しだァ」

憤怒にゆがむサイクロプスの表情は、その言葉が脅しでもなんでもなく、これから実行される未来なのだと確信させた。

その場に居合わせたものたちが皆、巨人の圧倒的な迫力に気圧《けお》されて息をのむ。

しかし、ただひとり。

ブラットだけは表情を変えず、自身の何倍もの偉躯《いく》を誇る巨人の眼前に立った。

「そんなことはさせないさ」

そして一言、静かに言いはなつ。

そんなブラットを品定めするように睥睨し、サイクロプスは目を細めた。

「貴様……あんまり調子に乗るなよォ？　たったの一度……それも不意打ちで腕を落としたぐらいで、俺様より強いつもりかァ？」

「おまえみたいな木偶《でく》の坊《ぼう》の腕を落としたぐらいで、いい気になどなれないよ」

貴公子の笑みでさらりととんでもない挑発をするブラットにミーナはギョッとするが、サイクロプスはその挑発には乗らなかった。

「ほざけ。まあ不意打ちとはいえ、俺様の腕を斬りおとしたんだから並の人間じゃねえのは確かだなァ。特別だ。〝四魔将〟たるこの俺様に名乗りをあげることを許そう」

一方でその落ちついた声音に反し、サイクロプスの魔力は禍々しさを増していた。

腕を斬りおとしたブラットという男への並々ならぬ怒りがそこにはこめられていて、その怒りの矛先が自分だったならばミーナは失禁してしまっていたかもしれない。

それほどのすさまじい剣幕だった。

だがブラットは「それは恐縮だな」と動じた様子もなく——

「――我が名はブラット・フォン・ピシュテル。ピシュテル王国が第一王子だ。盟友たる猫人族の窮地を知り、助太刀《すけだち》に参った」


優雅に貴族の礼をとりながら、驚くべき自身の正体を告げたのだった。

ミーナはそれを聞いてしばし硬直してしまうが、やがてその言葉の意味を咀嚼《そしゃく》しきると、驚愕《きょうがく》に目を見開いた。

「お……王子⁉　だって、子爵って⁉」

「騙《だま》してすまなかった。いろいろとわけがあって正体を明かせなかったのだ。しかしこの期におよんで隠すこともなかろう」

ミーナは真偽が判断できずただ首を振る。

ふつうならば絶対にありえないと否定していたところだが、王子と言われてみれば納得してしまうほどの気品を彼が備えているのも紛うことなき事実だった。

澄みわたった紅玉石《ルビー》の瞳《ひとみ》でこちらをまっすぐに見つめてくるこの美貌《びぼう》の男が嘘《うそ》をついているようにも見えなかった。

しかしブラット・フォン・ピシュテルという名に冷静に思考をめぐらせ、

「いや、だが……うわさと違いすぎないかにゃ⁉　ピシュテルの第一王子はデブの性悪ブスで、次期国王は第二王子で確定と言われるほどの無能のなかの無能と聞いている！　おまえとはあまりにイメージがかけ離れていて……」

おまえはかっこいいし、とミーナは彼に聞こえぬようにぼそっとつぶやく。

そしてそんなことをつぶやいてしまった自分が気恥ずかしくなって、頬《ほお》をポッとそめてしまう。完全に自爆だった。

「ハハハ……その性悪デブス王子で間違いないよ。ここさいきんで改心して変わったがな」

ブラットは苦笑しつつそう説明するが、ミーナはそれでも信じられなかった。

そしてそれは巨人も同じようだ。

「王子だァ？　そんなのがこんなところにノコノコ現れるわけねえだろうがァ。そんな王子がいたとしたらバカのなかのバカだろォ」

確かにそのとおりなのだ。

一国の王子がこんな危険な場所にひとりで来るはずがない。騎士団を丸々護衛につけてくるというのなら考えられなくもないが。

「そのバカのなかのバカが俺だ。民にも貴族にも父上にさえも見放されているから、勝手にやらせてもらっている。まあ……最低限この身に危険が迫ったときには国に連絡がいくようになってはいるが、それも死んだらわかるようにという程度のものだろう。王子という立場でこのような向こう見ずな行動をしているのは世界でも俺ぐらいだろうから、信じられぬのも当然だ。俺が同じことを言われたとしても絶対信じない」

まあ信じなくてもかまわないが、とブラットは飄々《ひょうひょう》と肩をすくめる。

彼自身もその言葉の信憑性《しんぴょうせい》のなさは理解しているようだ。

「ま、誰《だれ》であろうと関係ねえかァ」

サイクロプスは考えるように唸《うな》ったのち、やがてそのように結論づけたらしい。

そして次の瞬間――

「どうせここで、死ぬんだからなァ！」

そう吼《ほ》えながらミーナの視界からかき消えた。

ミーナが慌ててその姿をさがすと、気づけばサイクロプスはブラットのそばに空間移動したかのように忽然《こつぜん》と姿を現していた。

そしてブラットめがけ、棍棒を目にもとまらぬ速さで振りおろす。

「ブ……ブラット、危ないっ！」

ミーナがそう叫んだ瞬間。

超重量の棍棒がブラットを急襲する。

「……」

その巨躯からは信じられぬほどの超高速でくりだされた不意の一撃。

ミーナでさえぎりぎりで気づくのがやっとだったその攻撃は、受けるのも避けるのもあきらかに不可能なものに見えた。

おそらく事態を見ていた誰もが、ブラットが棍棒によって叩《たた》きつぶされ、轟音《ごうおん》とともに血飛沫《ちしぶき》と土煙が舞いあがるという未来を予想していたはずだ。

ミーナもそんな光景を幻視し、恐怖で目を閉じてしまいそうになった。

しかし——

「……!?」

その未来が訪れることはなかった。

そして代わりに訪れたのは、それを目にしていた人々を——ミーナたち猫人族の討伐隊を、サイクロプスと配下の数百ものモンスターたちを、そして遠方からのぞきみる英雄たちを——そろって瞠目《どうもく》させた。

「あ……ありえないにゃ」

ミーナは眼前の光景が信じられなかった。

信じられようはずがなかった。

その光景はたとえるなら干上がった砂漠に雪が降りそそいでいるぐらいに信じられないもので、夢かと何度も目をこすってしまう。

しかしその光景になんら変化はなかった。


——たったの、一本。

サイクロプスの豪腕からくりだされた超重量の棍棒――それをブラットは地面をわずかに陥没させながらも自身は微動だにせず、腕一本で受けとめていたのだ。

4

――サイクロプスはエリートだった。

生まれつきの大きく強靭《きょうじん》な肉体は他モンスターの追随を許さず、さらには巨人種《ジャイアント》には珍しい卓越した頭脳と思慮深い性格を合わせもっていることから、将来的に魔王をそばで支える逸材になるだろうと大事に育てられた。

そして成体となって以後はその才能をいかんなく発揮し、魔王軍での地位を順調に確立させていった。その勢いは幹部となったあともとどまることを知らず、いずれは魔王の下でこの世界の支配者のひとりになるだろうと自他ともに確信していた。

サイクロプスの才能はそれほどに周囲と比べて突出しており、その並外れた豪腕で蹂躙《じゅうりん》できぬものはこの世に存在しなかった。

しかしいま、その圧倒的なまでの力によってくりだされた渾身《こんしん》の攻撃は――

「な……なんだとォ⁉」

狡賢《ずるがしこ》いだけの弱者だと見下してきた卑小な人間に受けとめられていた。

それもただ受けとめられただけではない。

自称ピシュテル王国の王子だというブラットなる人間は、あろうことかその場から一歩たりとも動かず、なんら表情すらも変えぬまま、片方の腕だけでサイクロプスの超重量の棍棒による一撃を受けとめていたのだ。

（なにが……どうなってやがるんだァ⁉）

眼前の光景が理解できなかった。

いや、理解はできても納得できなかった。

棍棒を振りおろすという単純ながらも自身の力をもっとも発揮できるこの攻撃で、サイクロプスは数多《あまた》の生けるものを圧殺して物言わぬ屍《しかばね》へと変えてきた。

そして眼前の男もその屍のひとつになるはずだったのだ。

しかし眼前の男は——

「……軽いな、手を抜いているのか？」

圧殺されるどころかダメージを受けた様子もなく、淡々とそうのたまった。

サイクロプスはもちろん手など抜いていない。

全力でこそないものの、苛立《いらだ》っていることもあって八割程度の力は出ていたはず。

並の人間は――否、歴戦の猛者《もさ》であろうとも、このサイクロプスの棍棒《こんぼう》による一撃をその身に受ければ、まるでやわらかな果実のように圧殺されるだろう。

それをこの男は易々と受けとめている。

息ひとつ乱さずに、だ。

到底信じられることではない。

(人間ごときのちんけな体のどこにそれほどの力が……いや、そもそもそんなことはありえねェんだ。まずちんけな人間ごときが俺様と同等の力を持っているわけがねェ)

大前提として巨人種というのは人間よりもすべての能力において優れた上位存在。

そのなかでもサイクロプスはずば抜けた力を持ったエリートだ。そんな自分と同等の力を持つ人間などこの世に存在するわけがない。

その前提のもと、弱者である人間ごときが圧倒的強者《つわもの》である自分の攻撃を受けとめる方法。そんなものがあるだろうかとサイクロプスは卓越した頭脳で考える。

そしてしばしあってひとつの結論に思い至り、不気味な微笑を浮かべた。

「なるほどなァ……そういうことだったか。貴様、強化魔法を使ってやがるなァ?」

それが現在のこのありえぬ状況から、サイクロプスが導きだした結論だった。

ブラットというこの男は自身になんらかの強化魔法をほどこしている。それもただの強化魔法ではなく、おそらくなんらかの副作用をともなうドーピング的な強力なものだろう。

それぐらいせねばサイクロプスの攻撃が受けとめられるほどの力は得られまい。

しかし指摘されたブラット当人は——

「……ないない。俺のまとう魔力の動きを見れば、そんな魔法を使ってないのはすぐにわかるだろう？　おまえもしかして、バカか？」

貴公子然とした笑みとともに即座に否定したうえ、そんな挑発までしてくる。

「こ……この俺様が、バカだとォ⁉」

「悪い悪い、バカじゃなくて木偶《でく》の坊《ぼう》か」

その知力の高さもふくめ、常に称賛されて育ってきたサイクロプスにとって、このように小馬鹿にされた経験はほぼ皆無で、一気に頭に血がのぼるのを感じた。

（……冷静になれ、俺様よォ）

しかし、ここでキレては相手の思う壺《つぼ》だ。

サイクロプスは深呼吸して気をしずめ、それから実際に魔力の動きを確認するため、ブラットの体に目を凝らした。

すると確かにブラットの言うとおり、強化魔法を使っている痕跡《こんせき》は見つからない。

（だがたとえ強化魔法を使ってなかったとしても、なにかからくりがあるはずだァ）

自分の攻撃がただの人間に受けとめられるわけもない。強化魔法でなくとも、なんらかのからくりを用いているに違いない。

そしてそれが具体的になにかはわからないが、この魔王軍随一の豪腕を誇る自分の一撃を無効化するほどのものだ。強力な効果を発揮するものは、得てして代償が大きいもの。そう易々と使えるようなものではないだろう。

ひょっとすると、使用できるのはいまの一度だけだったという可能性もありえる。

(つまり……俺様がすべきことは単純だァ。やつがそのなんらかのからくりが使えなくなるまで、ただ攻撃をしつづければいい)

そう結論づけ、にやりと嗤《わら》う。

攻撃をただ続けていれば、いずれやつはからくりの種であるなにかが使えなくなる。そうなれば攻撃も通るようになるはずだ。

そう考えたサイクロプスはその巨躯《きょく》からは想像もできぬ俊敏かつ流麗な動作で棍棒を引きもどし、即座にブラットの頭部めがけて横に薙《な》ぐような次撃をくりだす。

常人ならば脳漿《のうしょう》をぶちまけて即死をまぬがれない致死級の一撃だが、

「何度やっても無駄だ」

ブラットは不意のその攻撃に驚くような素振りもなく、さきと同様に腕一本で棍棒の一撃を軽々と受けとめていた。

だがサイクロプスはそれも折りこみ済みとばかりに即座に次撃へと移る。

「その余裕が……いつまで保つかなァ!?」

それからサイクロプスは怒涛《どとう》のように棍棒を振りまわし、一撃一撃が人間を死にいたらしめるほどの攻撃を連続でくりだした。

しかし——

(ど……どうなってやがる!?　なぜいつまで経《た》っても、攻撃が通らねェ!?)

次にくりだした攻撃もその次の攻撃もその次の攻撃も、何度攻撃をくりだしてもブラットはすべてを涼しい顔で受けきってしまう。

ブラットがあまりに涼しい顔をしているものだから、こちらが弱体化魔法でもかけられているのかという線も疑ったものの、状況的にそれはなさそうだ。

サイクロプスの棍棒とブラットの腕がぶつかりあうたびに衝撃波が巻きおこり、ズンッ!　とブラットの真下の地面が陥没して土煙が激しく舞いあがっている。

このダンジョンの大部分は硬質な魔法鉱物でできている。

表層とはいえ、そのダンジョンの地面をこのように陥没させるほどの威力があるのだ。サイクロプスの攻撃が通常時よりも弱体化しているとは思えない。

「ハア、ハア……なにがどうなってやがる」

からくりがわからぬまま時間は悪戯《いたずら》に過ぎ、体力ばかりが削られていく。

暗闇《くらやみ》で見えもしないゴールを目指しているかのようなこの状況には、さすがの巨人も焦燥と不安が隠せなくなってきていた。

「……脳筋のおまえもさすがに気づいたんじゃないか？　最初からからくりなんてないってことに。単におまえが俺よりも劣っているだけだというその事実に」

「な……なわけねえだろうがァ！」

これまでありえぬと考えることを避けてきたその可能性をブラットに言及され、サイクロプスは声を荒らげて反論する。

「生身で俺様の攻撃を受け、ノーダメージで済む人間なんぞ存在しねェ！　いや人間どころじゃねェ……そんな存在は我らが崇拝せし闇《やみ》の覇王ぐらいだろうよォ！」

「俺もノーダメージなわけじゃないさ。たとえ能力差があっても、攻撃を受ければダメージはきっかりゼロにはならない。でもまあ……いまの俺のレベルならこの程度のダメージはすぐに自然回復するから、実質ノーダメージみたいなものか」

「……自然回復、だとォ？」

ブラットの話が理解できず、サイクロプスは眉間《みけん》にしわをよせる。

「たとえば……おまえも猫人族の攻撃を受けた程度のダメージは、すぐに自然に治癒してしまうだろう？　それと同じだよ」

「お、俺様の攻撃が……このちんけな猫どもと同レベルだと言いてェのか⁉」

サイクロプスはブラットの言いたいことを理解し、語気を強めた。

「さすがに同じ、というわけじゃないさ。おまえと猫人族の戦士のあいだには、明白な力の差がある。だがそれと同じように俺とおまえのあいだにも明白な力の差があるというだけの話だ。だからおまえが猫人族の攻撃が痛くもかゆくもないと思うように、俺にとっておまえの攻撃も痛くもかゆくもないんだよ。いや、少しはかゆいか」

理解できたか？　とブラットはまるで幼子を諭す大人のように言う。

淡々と事実を述べているというようなその様子からは、嘘《うそ》をついているもの特有の動揺が感じられない。真実を言っているように見えた。

（う、嘘だァ……嘘に決まっている！）

だがサイクロプスは信じなかった。

自分は猫人族を劣等種だと見下してきた。そして眼前の男にとってはサイクロプスがその程度の存在にすぎぬのだと言われたのだ。

そんなことが、あっていいわけがない。

自分が人間ごときに劣るはずがないのだ。

生来のエリートであったサイクロプスは、自身が人間に劣っているという現実をどうしても認めることができなかった。

「ダ……ダハハハハ！　ありえねェ、そんなわけがあるかよォ！　なかなかうまい演技だったが、そんなはったりで俺様をびびらせようとしても無駄だァ！」

「はったり……ねえ」

そう思うのは自由だけどな、とブラットは少し呆《あき》れたように息をついた。

その余裕がまた巨人をいっそう焦らせる。

「ま、まあ……どんなからくりがあるかは知らねェが、もうそんなことはどうでもいいぜェ。そんな小細工が意味をなさぬほど圧倒的な力を……俺様の真の姿で格の違いってやつを見せてやろうじゃねえかァ」

光栄に思え、とサイクロプスは嗤う。

真の姿への変身は、武力で言えば最終兵器と言うべきもの。その姿になれば、たとえ相手が誰《だれ》であろうとも負ける気がしなかった。それぐらいに自信を持っているものだ。

そんな真の姿への信頼が、サイクロプスの心の余裕を幾分か取りもどさせた。

「俺様が真の姿になれば……貴様も終わりだァ。真の姿へと変身した俺様と相対し、生きているものはこの世にたったの二人しか存在しねえからなァ！」

サイクロプスは哄笑《こうしょう》をあげ、全身から禍々《まがまが》しい魔力をあふれさせた。

ウグググググッ！　と地獄の底から湧《わ》きだしているかのような声が喉《のど》から漏れると同時に、サイクロプスの全身に禍々しい魔力と血液が一気に駆けめぐった。

全身が火にあぶられたかのような高熱を帯び、まるで自身の細胞が根本からつくりかえられるような感覚に襲われる。

真の姿への変身が始まった証《あかし》だった。

だが、その刹那《せつな》のことだ。

「……ぐあああああっ⁉」

シュンッ‼　と雷光が閃《ひらめ》き、同時にサイクロプスの右腕に激痛が走った。

気づけば変身を始めていたサイクロプスの右腕は見事に切断され、宙を舞っていた。

そして目の前には、剣を振りおわって血を払うブラットの姿があった。その剣はサイクロプスの青々とした血にそまっている。

「き、貴様……不意打ちとは卑怯《ひきょう》なァ！」

「いや、あまりに隙だらけだったからな。そもそもあきらかに敵が奥の手を出そうとしているのに、黙って待つ間抜けがいると思うか？　おまえ、やっぱりバカだろ？」

ブラットの再三の挑発により、理性的だと自負していたサイクロプスの我慢も限界にまで達してしまっていた。

それでもどうにか自制しようと試みるサイクロプスであったが――

「あと変身するときのウググみたいな声、大を踏んばっているみたいに聞こえるからやめたほうがいいぞ。聞いているこちらが恥ずかしくなる」

その完全にバカにしたような言い草により、ついに怒りを爆発させた。

「――き、貴様ァァァアアアッ‼　許さん、絶対に許さんぞォ⁉　俺様の忠実なる配下どもよ、いますぐこの人間を殺すのだァ！　骨すら残さず喰《く》らいつくせェッ！」

サイクロプスが怒りのままに命じた瞬間。

キイイイ！　とゴブリンどもの甲高い声が迷宮に響きわたり、同時に配下の数百ものモンスターの群れが一斉に動きだす。

まるでパンに群がるアリのごとく、すさまじい勢いでブラットへと殺到した。

「おいおい、俺ひとり相手にそんなに大勢けしかけるなんてひどくないか？」

ブラットは肩をすくめ、後方を見る。

気づけばそこには猫人族の一同が集っていた。サイクロプスがブラットに気をとられているうちにケガ人を回収し、治療を行っていたらしい。

「このまま乱戦になると面倒だな──〝レジストマジック・ファイア〟」

ブラットが小さく唱えると、猫人族たちを覆うようにドーム状の赤い半透明の膜が展開される。炎耐性を付与する魔法だ。

「多少調整は必要だろうが……これで猫人族には被害がおよぶまい」

面倒くさそうに言うと、全身からすさまじい魔力をあふれさせた。

身震いするような深遠なる魔力だった。

それこそ──かつて幼き頃《ころ》に戦場で目にしたサイクロプスが唯一認めている人間、〝七英雄〟にも匹敵するほどの桁外《けたはず》れの魔力に思える。

そしてブラットはささやくような声で、小さく小さくその呪文《じゅもん》を唱えた。

「灼《や》け――――〝ファイアウェーブ〟」

――〝ファイアウェーブ〟。

発動者を中心に小さな炎の波動を放つ第三位階の広範囲攻撃魔法だ。

しかし攻撃魔法といっても、そのカテゴリのなかでは最弱の部類のため、実は相手に火傷《やけど》を負わせる程度の威力しかない。

なにしろその威力は第二位階の単体攻撃魔法〝ファイアーボール〟よりも下だ。せいぜい相手を炎で威嚇したり足止めしたりという用途でしか使われない魔法である。

（お……驚かせやがってェ！　桁外れの魔力をまとったかと思えば……結局使うのは低位魔法かよォ。そんなちんけな魔法じゃ、せいぜい数体を灼くのでやっとだろォ。俺様の忠実なる配下どもはそんなもんじゃとまらねえよォ）

そしていくら強かろうが、数百のモンスターを一度に相手にはできまい。

配下のモンスターどもがあの憎たらしい男を喰らいつくす未来を想像し、サイクロプスはダハハハハと豪快な笑い声をあげた。

だが、その瞬間――

「な……!?」

ゴオオオッ!!　という爆音が響いた。

ブラットの手から放たれた小さな種火。

それが激しく燃えあがった音だった。

炎はブラットの手でみるみるうちにふくれあがり、人間の身の丈ぐらいにまで肥大化したところで、通常の〝ファイアウェーブ〟では絶対にありえぬほどの超規模の灼熱《しゃくねつ》の波動となり、空間一帯にすさまじい勢いと速度をもって拡散する。

「――――」

目測だけでもその威力と規模は通常の〝ファイアウェーブ〟の一〇、〇〇〇倍はあろうか。

まるで世界を終焉《しゅうえん》へといざなう大災厄に突如見舞われたかのように、数百ものモンスターの群れはそのあまりに桁外れな灼熱の波動にまたたくまにのみこまれた。


(……うまくいってよかった)

ブラットは思うように魔法が発動したことを確認し、胸をなでおろす。

放った〝ファイアウェーブ〟の効果が一段落すると、あたりには生ゴミを焼却したような焦げた刺激臭がただよい、ゴブリンやオーガの数百もの屍《かばね》が転がっていた。

ブラットは数百ものモンスターの軍勢をたった一撃で――それも第三位階の低位魔法で灼きつく

し、全滅させてしまったのだ。

「し……信じられない、にゃーの知る〝ファイアウェーブ〟と違いすぎるにゃ⁉　第三位階の魔法でこれほどの威力が出せるなんて」

ミーナの驚愕《きょうがく》の声が耳朶《じだ》を打つ。

確かに位階の高い魔法ほど効果が高いというのはまぎれもない事実だ。

だがそれが魔法のすべてではない。

魔法の威力や効果量というものは、実は使用者の魔力量や魔法攻撃力でも激しく上下する。場合によっては、位階の低い魔法が高い魔法を凌駕《りょうが》することもあるのだ。

第一位階に〝ルーモス〟という小さな光を対象に灯《とも》す呪文があるのだが、幼少期にその光の大きさでそのものの魔法の才覚を判断する風習が各地にあるのもそのためだ。

そういった魔法の特性――『ファイナルクエスト』のゲームシステムに準ずるこの世界のルールにより、本来は火傷を負わせる程度の力しかない〝ファイアウェーブ〟が、ブラット自身の魔法攻撃力によって想像を超えるほどの効果を発揮したというわけだ。

（……理不尽だな）

灼熱の波動をもろに受けたモンスターはもちろん、余波を受けたモンスターまでその圧倒的な熱で焼死してしまっている。

それは、あまりに理不尽で――あまりにあっけない死だった。

『ファイナルクエスト』の戦闘ではそもそも出現モンスターの数に上限があり、これほどの数を一度に相手をすることはありえない。

だからこういった軍勢を一度で薙《な》ぎはらえたら爽快《そうかい》だろうなと前世から思っていたのだが、実際にはまったくそんなことはなかった。

この世界が現実だからだろう。むしろ不快感が勝っている。

サイクロプスの配下に亜人種《デミヒューマン》が多いというのもある。ゴブリンやオーガは人を喰らう悪しき存在で基本的に同情の余地はないのだが、眼前の人型の惨い屍の山を見ると、生きものを理不尽に殺めた罪悪感がどうしても湧いてきてしまう。

「全、滅……だとォ⁉」

そのとき不意に、野太い声が耳に届いた。

「数百もの我が配下が……低位魔法でたったの一撃⁉　なにが起こっているんだァ……⁉　これは夢か⁉　俺様はいま悪い夢を見ているのかァ⁉」

「そうかもな」

狼狽《ろうばい》するサイクロプスの自問に、ブラットはなんら感情を見せずにそう答える。

気づけばサイクロプスは、背に翼が生えた悪魔のような姿になっていた。

配下をけしかけているあいだに変身をちゃっかり終えていたようだ。

体自体がひとまわり大きくなり、青白い屍人のようだった体色は黒ずんで禍々《まがまが》しさを増している。

爪や牙《きば》はそれ自体が凶器として機能するようにさらに研ぎすまされ、頭部には二本の角、臀部《でんぶ》には鞭《むち》のようにしなる長大な尾が新たに生えていた。

これぞ悪魔という姿こそが、『ファイナルクエスト』作中で勇者パーティーをぎりぎりまで追いつめた最凶最悪のサイクロプス第二形態に間違いなかった。

しかしあきらかにこれまでよりも強力な姿になったというのに、サイクロプスのブラットを見る目にはこれまで以上に怯えが見えた。

「……それが真の姿とやらなんだろう？　さっさとその力を見せたらどうだ？」

なかなか動かぬ巨人に訊《たず》ねるブラット。

だがサイクロプスはふたたびブラットを見ると、信じられぬという顔で首を振る。

変身してなまじ強くなったことで、これまで曖昧《あいまい》だった自身とブラットとの圧倒的な力量差が鮮明に理解できてしまったのだろう。そのまま硬直してしまう。

「ならば終わりにしよう」

サイクロプスを生かしたまま追いつめて果たしたい目的もあったが、それもこうまで圧倒的な力を見せつけたあとでは達成は難しくなったように思う。

となれば、さっさととどめを刺してやるのが人情というものだろう。

「ま……待てェ！　いま猫どもの集落には、俺様の配下がいる！　俺様に手を出せば、集落のものたちは皆殺しだぞ！　俺様からの連絡が途切れた時点で、そうするように指示は出している！　そいつらを見殺しにするのかァ⁉」

「な……卑怯にゃ！」

サイクロプスは勝機がないと判断したらしく、悪役のテンプレートとでも言うべき人質戦法で脅しをかけてくる。単純だが効果的な戦法だ。

「へ……へへへ、俺様にとっちゃ卑怯ってのは褒め言葉だぜェ。この世はクレバーに生きなきゃなァ。さあ小僧、わかったらさっさと武器を捨てなァ！」

ミーナたちが焦った様子を見せたからか、サイクロプスはふたたび余裕を幾分取りもどし、強気にブラットを威圧してくる。

しかし、ブラットは――

「好きなようにしろ」

冷たく言いはなち、変わらず剣を構えたまま、淡々とサイクロプスのもとに詰めよる。

猫人族が死んでもかまわないととれるブラットのその言動に、サイクロプスとミーナたちは虚をつかれてそろって絶句する。

「き、貴様に情ってやつはねえのかァ！」

サイクロプスが焦った声をあげると、ブラットは肩をすくめる。

「……ああ、勘違いするなよ。誰《だれ》も見捨てるとは言っていない。ここに来る前に集落には立ちよってきたんだ。集落にいたおまえの配下は、まとめて処理しておいた。だから人質戦法なんていうちゃちな真似《まね》は通用しないということだ」

そうなのだ。

『ファイナルクエスト』作中でサイクロプスはいくつもの狡猾《こうかつ》な手で勇者を苦しめる。そのひとつが、この卑怯《ひきょう》な悪役極まれりな人質戦法である。

万全を期すためにぎりぎりまでレベリングに励んでいたブラットは、サイクロプスがこの姑息《こそく》な手を使うことをふと思いだし、事前に集落の安全を確保することを決めていたのだ。

おかげでここに来るのは遅れてしまったが、間に合ったのでよしとしよう。

「……イビルアイ、集落につなげェ！」

サイクロプスは慌てて、後方にぷかぷかと浮かぶイビルアイに命じる。

だがイビルアイはしばしあってぷるぷると震えるように首を振り、ブラットには理解できぬ言語——おそらく古代魔物語《モンステイツシユ》——でなにか発した。

まさか本当に……⁉　とサイクロプスはやがて信じられぬと首を振り、その表情を絶望にそめてよろめくように後ずさる。

「な……なにかの間違いだ、俺様はエリートだぞォ⁉　俺様より強く……さらには計略でも上回る人間なんざいるわけがねェ！　俺様はこの圧倒的な才能で敵も味方もすべてをねじふせ、ここまでのしあがって来たんだァ！」

サイクロプスは自分を奮い立たせようとしているのか怒鳴りつけるように叫び、全身から禍々しい魔力をあふれさせる。

そしてその魔力を鉤爪《かぎづめ》に凝縮し――

「し――――死ねえええええええええええいっ‼」

鎌のように使ってブラットに斬撃を放つ。

だがそれはブラットには届かない。

斬撃が届く前にブラットが巨人の倍速で剣を一閃《いっせん》させ、サイクロプスの胴体を、腰を境にまっぷたつに両断したからだ。

鮮やかな切断面を見せ、青々とした血しぶきをまきちらし、巨人の上半身がごとりとダンジョンの地面へと落下する。

やがて上半身を失った下半身も自身に命令をくだす頭脳を失い、ゆっくりと崩れおちた。

「あ、ありえねェ……人間ごときが、こんな人間がいるわけがねェ」

「いるさ、ここに」

上半身だけになりながらもこちらに驚愕の表情を向けてくるサイクロプスに答え、介錯してやろうと歩みよるブラット。

だがブラットが近づくと何処にそんな力があったか、痙攣《けいれん》する瀕死《ひんし》の手をブラットへと伸ばし、その脚を力強くつかんできた。

「ブラ、ットと……言ったなァ？　貴様は……危険すぎる。人間ごときと……油断したのは、間違

いだった。いずれ……陛下が覚醒《かくせい》なさるときのため、貴様みたいな野郎を……放置するのは、あまりに……危険だァ」

遺言ぐらい聞いてやろうと耳をかたむけるブラットだが、直後にサイクロプスの口の端が裂けるように不気味に広がるのが見えた。

ゾッとするような悪寒が体を駆けめぐる。

巨人のその表情は、あきらかにこのまま無為に死んでいこうというものの顔ではない。

なにかを狡猾にねらっているものの顔だ。

「……ッ！」

ブラットは即座に巨人の首を刎《は》ねようと剣を振るったが、剣はこれまでにない妙な手応《てごた》えで弾きかえされ、巨人の首を落とすどころか傷ひとつつけられなかった。

気づけば巨人の体は妙な光を放っていた。

そしてその光を見た時点で、ブラットは巨人がしようとしていることを理解する。

『ファイナルクエスト』においてそのような独特の光の放ちかたをし、剣が通らぬ無敵時間を有する魔法スキルはほぼひとつだけだ。

「……ミーナ、聞け！　仲間とともに負傷者を連れて全力で逃げろ、いますぐだ！　そしてここからできるかぎり遠くへと走るんだ！」

「あ、え……どういう⁉」

突然ブラットから声をかけられ、当然のように困惑するミーナだったが、ブラットは問答無用といった調子で「いいから急げ、死ぬぞ！」と語調を強めた。

そのただならぬ様子で察したか、ミーナは真顔で「わかったにゃ」とうなずき、討伐隊の指揮をとってすぐさま駆けだした。

そしてミーナたちの避難と同時にブラットもサイクロプスの巨躯《きょく》を強引に引きずり、討伐隊とは真逆のほうへと駆けだす。

そのブラットの意図を察したのだろう。

巨人はこれまでブラットが一度も見たことがないほどに邪悪な笑みを浮かべる。

そして全身からまばゆい光を発し——

「道連れだァ……〝エクスプロージョン〟」

直後——ズドン‼と。

サイクロプスの体が激しい魔力反応を起こし、鼓膜がやぶれんほどの轟音《ごうおん》とともに大爆発が起こった。

5

――寸刻後。

「ブラット……ブラットどこにゃ!?」

爆発が一段落して土煙が舞いあがるなか、ミーナは討伐隊をつれて爆発の現場へと戻り、ブラットの捜索を開始した。

現場は想像以上の惨状だった。

天井や壁が崩れおちて瓦礫《がれき》となって転がり、地面は爆発の起点となった場所を中心に大きくえぐれ、巨大なクレーターができている。

ダンジョンは硬質な魔法鉱物でできているので、基本的にそれほど大きく破壊されるようなことはない。にもかかわらず、ここまでめちゃくちゃに破壊されているのだ。さきほどのサイクロプスの魔法がそれほど桁外《けたはず》れの威力だったということだろう。

「これは……サイクロプスの」

爆発現場に歩みよると、サイクロプスの残骸《ざんがい》が転がっていた。

生死を確認するまでもないほどに無残な状態だ。原型が判別できる程度に残ってはいるが、黒い炭のようになってしまっている。

発動者がこうなるほどの攻撃を間近で受けたとすれば、彼はもうすでに——という暗い思考が脳裏をよぎるが、ミーナは信じぬと首を振る。

「……この近くにあいつもいるはずにゃ！　みんな手分けしてさがすにゃ！　ブラット、聞こえているなら返事をしろ！」

ミーナはまわりの瓦礫をかきわけ、彼の姿を隅から隅までさがした。そんな小さな瓦礫の下にいるわけがないと理解しながらも小さな岩石まで必死に退かして。

しかしいくらさがしても、ブラットの姿は影も形も見つからなかった。

「返事を……してほしいにゃ」

消えいるようなミーナの声が、迷宮に虚しく反響する。

彼からの返事はもちろんない。

だがミーナはそれでも捜索をやめなかった。目尻《めじり》に大粒の涙をためながらも、彼の姿を必死に必死にさがしもとめて手と目をこれ以上ないぐらいに全力で動かす。

だがしばしあって、従兄弟のユグルドがミーナの肩に手をおいた。

「ミーナ……さすがにもう皆も限界だ。あきらめて集落に戻んぞ」

「な……なにを言うにゃ！　ブラットは……にゃーたちの命の恩人にゃ！　ひとりだったら逃げられたのに……にゃーたちを逃がすために、身をていしてサイクロプスをにゃーたちから遠ざけてくれたにゃ！　命を賭《か》けて、にゃーたちを助けてくれたにゃ！　恩人を見捨てるっていうのか⁉」

ミーナは震える声を張りあげて主張するが、ユグルドは首を振った。

「わかってる……おれもわかってんよ。だけど彼はおそらくもう……」

「あいつはにゃーをかわいいって言ったにゃ……！　かわいい女の窮地に駆けつけるのは当然だって！　あれはもはや求婚にゃ！　あんなことを言って……そんなに簡単に死ぬなんて……！　にゃーを置いて逝くなんて……許さないにゃ‼」

感情を昂《たかぶ》らせてわめきちらすミーナの瞳《ひとみ》から水滴が頰《ほお》をつたい、幾筋もの線を引いた。水滴はぽたぽたととめどなくこぼれおち、地面に血のように濃いしみをつくる。

若長の悲痛な姿を見て、討伐隊の面々はなぐさめようと口を開きかけるが、結局だれひとりなにも言えずに口ごもった。かける言葉が、見つからなかったのだ。

しかし、討伐隊の面々が捜索をあきらめかけていたそのときだった。


――ガタッ、と。


瓦礫の音が耳に届く。

ミーナが音のほうに目を向けた瞬間、なんとサイクロプスの残骸の下から人が這《は》いでてきて、ゆっくりと立ちあがるのが見えた。

負傷しているように見えるものの、その銀糸の髪と褐色の肌、そして紅玉石《ルビー》のように輝く赤い瞳は、ミーナが必死にさがしもとめた彼に間違いなかった。

生きて、いたのだ。

「……」

彼はミーナの姿を見つけると、安心させるように穏やかな笑みをつくった。

自身のほうが負傷しているというのにこちらを気づかう彼の底知れぬ優しさにミーナは感極まってしまい、気づけば彼に抱きついていた。

「……死んだかと、思ったにゃ」

「そう簡単に死ぬ気はないさ。貴女のようなかわいらしい女性にせっかく再会できたのだ。ここで命を落とすなんてもったいないだろう?」

優しくミーナの頭をなでながら、そんなキザな軽口をたたくものだから、彼が生きていたよろこびと照れくささが入りまじり、ミーナはわけがわからなくなる。

とりあえずごまかすように彼の胸に顔をうずめるが、それがまた逆効果だった。

彼の胸板は思ったよりも厚く、ミーナの頭を優しくなでてくれるその手は節くれだっており、妙に男を感じさせられてしまったのだ。

顔に全身の血がのぼり、火を噴きそうなほど熱を帯びる。

(もしかして、にゃーは……こいつを)

胸に手をやると心臓が早鐘を打っていた。

記憶にない幼少期をふくめても彼に会ったのは数回だけなのに、言葉だってほとんどかわしていないのに、自分のなかで彼に特別な感情が芽生えつつあるのを認めざるをえなかった。

ミーナがこれまでにない感情にとまどっていると、同胞たちの声が耳に届く。

『あの爆発で生きのこるなんて……』

『信じられない、奇跡だ』

『我らを命賭けで悪夢から救ってくださった〝巨人殺し〟の英雄……奇跡の王子ブラット・フォン・ピシュテル殿下、万歳‼』

今日だけでいくつもの奇跡を起こした彼を称賛する声が同胞のあいだで広がり、気づけば全員による合唱になっていた。

——万歳、万歳‼

合唱は大きなうねりとなり、彼らの声が嗄《か》れるまで迷宮に響きつづけたのだった。


——彼ら猫人族は知らない。


(……なんかまた勘違いされてるんだが)

そんな賛美の合唱を聞くブラットの表情が、ひどく強張っていたことを。

なにしろ猫人族の面々は、ブラットが命賭けで自分たちを救ってくれたものだと思いこんでいるようだが、事実はまったく違うのだ。

サイクロプスによる捨て身の自爆魔法——〝エクスプロージョン〟による一撃を受ければ、確かにブラットであろうとも無傷では済まない。

しかし無傷で済まないだけだ。

ダメージこそ受けるが、しょせんは格下の攻撃。

ぎりぎりで魔法耐性を付与したこともあり、死ぬという心配は毛ほどもなかった。ブラットは命などこれっぽっちも賭けていなかったのである。

（……まあ、別にいいか）

いいふうに勘違いされるぶんにはなにも問題ない。

ブラットは思考を放棄し、泣きじゃくるミーナを抱きよせる。前世の妹のことをなつかしく思いながら、よしよしと頭をなでてやるのだった。


——そして、ブラットは知らない。

今日という一日が、ピシュテル王国の第一王子ことブラット・フォン・ピシュテルの覇道への大きな第一歩となったことを。

悪く言えば……さらなるいくつもの面倒ごとをブラットに運んでくることを。

エピローグ

「あらま、ほんとに倒しちゃった～⁉」

〝七英雄《ななえいゆう》〟のひとり〝救世の聖母《セインテス》〟セリエは、教会において教皇に次ぐ大司教の地位にあるとは思えぬ落ちつきの欠片《かけら》もない声をあげた。

世界のどこかにある薄暗い会議室。

そこでは引きつづき英雄たちによる会合がひそやかに行われており、円卓には迷宮スカイマウンテン深部の様子がホログラムとして映しだされていた。

そしてさきほど、彼らは目にしたのだ。

バケモノじみた力を持つサイクロプスを、それを上回る圧倒的な力で完封し、さらには決死の自爆魔法を受けてなお生還したブラットの姿を。

グラッセのなかば強引な勧めによって観戦しはじめたこともあって、当初は会合参加者の多くが興味なさげにしていた。

だが現在は皆そろってホログラムの映像に釘《くぎ》づけで、さらには驚愕《きょうがく》のうめきを漏らしている。

「信じられん……弟王子《アルベルト》との戦いのときとは別人ではないか。あれからたった一月強でこれほどの領域にまで達するとはのう」

「言ったろ、彼はバケモノだって☆」

〝大賢人《ワイズマン》〟マーリンがいまだ信じられぬという様子で言うと、〝魔神殺し《デモンスレイヤー》〟グラッセは自分が褒められたかのように誇らしげに言う。

「バケモノなんてものではないぞ……ブラットとかいうこの王子は、ほんの一月前にはあの猫人族《ケットシー》たちと同等か、それ以下の存在でしかなかったのじゃ。にもかかわらず今日、巨人に勝利するどころか余裕をもって圧倒して見せた。巨人のエサでしかなかったのじゃ？　このような速度で人は成長できるものなのか？」

「できたのだからできるのだろうさ。正直以前までの彼は無能を絵に描いたクズだったけれど、この様子だとこれまでの無能ぶりも演技だったのかもしれないね」

まったく彼は底が知れない☆　と肩をすくめるグラッセは妙にご満悦だった。

「にしてもこれほどの急成長は異質じゃぞ。通常のそれとは明確に一線を画している。それこそ、悪魔とでも契約を交わしたか……あるいはこやつ自体が悪魔かそれに近い神のごとき存在だというのでもなければ納得できぬほどにな」

「悪魔か神……か」

もしかしたらそうなのかもしれないね☆　と愉しげなグラッセ。

一方でマーリンはむむと気難しい顔で顎《あご》に手をあて、ホログラムがいまも映しだすブラットの姿をふたたび見やる。

「まあ……おぬしが見てほしいと言った理由も、そして弟子にとった理由もなんとなくわかった。しかし過度な期待は身を滅ぼすぞ」

「……？」

グラッセはきょとんと首をかしげる。

「おぬしの弟子は確かにとてつもなくイレギュラーな存在じゃ。うん百年のときを生きたわしでも、これほど異質な存在は見たことがない。この世界に大きな影響を与えていく存在になるやもしれん。しかしそれがあやつを救うきっかけになると期待しているのならば短絡的と言わざるをえん」

厳しく諭すようにマーリンが言うと、グラッセは表情を変えぬまま口ごもる。

だが例のように無視するのかと思いきや――

「ぼくはただ……彼の可能性に興味があるだけさ。どこまでいけるのかね」

それにブラットくんっておちゃめでかわいいんだよね☆　といつもの軽口でそう続ける。

だがそもそもマーリンの質問にまともに取りあうこと自体が、いつもの彼とは異なることにグラッセ自身は気づいていない。

「……それだけなら、いいがな」

ふだんと異なるグラッセの態度に明確に気づきながらも、マーリンは短くそれだけ言ってそれ以上は言及しなかった。

場が重苦しい沈黙につつまれる。

その内容はこの場にいるものにとって軽々しく触れられるものではなく、あえて触れようとするものもいなかったからだ。

英雄たちはそれぞれ思考をめぐらせるように黙りこくり、その沈黙はマーリンがふたたび「それはともかく……」と口を開くまで続いた。

「あの若さであの強さを持つ〝巨人殺し〟の王子……こやつが何者にしろ、これから大陸の勢力図に大きく絡んでくるのは間違いなかろう。猫人族の信頼を得た点も気になる。猫人族の集落周辺は貴重な鉱物や資源にあふれておる。あれが強力な魔法騎士団《マギクナイツ》を擁するピシュテルにつけば脅威と言うほかない。ピシュテルがどう動くかをふくめ、注視すべきじゃろうな」

「あらまあ、これからいろいろと愉しいことになりそうね～♥」

まるで王宮での夜会を待ちのぞむうら若き令嬢のように愉しげにのたまうセリエの言葉を聞き、マーリンは苛立《いらだ》った声をあげる。

「どこがじゃ！　ただでさえ問題は山積みでキャパオーバーの状況だというのに……さらに問題を増やされてはかなわんぞ」

大体おぬしらがしっかりせんから！　と突如始まるマーリンの説教タイム。

この説教タイム――とかく長い。

それを皆わかっているため、我関せずといった様子ですぐに各々思考時間に入っていた。

こうしてマーリンが落ちつくまでやり過ごすのが、彼らがマーリンとの長年の関わりのなかで身につけた長説教への対処法なのだった。

だが今回の説教はそれにしても長すぎた。

しばしあってグラッセはついに我慢できなくなったようで、大あくびとともに席を立つ。

「……そろそろ帰っていいかな？」

「なにを言うとる、いいわけなかろう！」

「でもきみの話は退屈だ。パーティー前の無能な国王の挨拶《あいさつ》ぐらいにね☆」

「な……なにをおおおおおおッ‼」

にわかに憤るマーリンだったが、「まあまあ～♥」と仲裁係となっているセリエにいさめられたことでどうにか冷静さを取りもどす。

「……まだ話しあうべきことはいくらでもあるのじゃぞ。おぬしの弟子が世界に与える影響もじゃし、イレギュラーと言えば例の預言者も気になるところじゃし」

「あ、知ってる～！　全能なる預言者《パーフェクトスコアラー》って呼ばれてる人よね～？」

――〝全能なる預言者《パーフェクトスコアラー》〟。

預言的中率なんと驚異の一〇〇パーセント。

口にした預言が必ず当たると各所でうわさの時の人。さいきん突如としてその名が聞かれはじめた存在で、まだまだ謎の多い人物だった。

預言がどのような力によるものかは不明だが、必ず当たるとなれば驚異。

もしもその力が悪用されれば、ブラットと同様に大陸の勢力図を塗りかえかねない。それについても対策を話しあわねばならないのだった。

だが、グラッセは――

「そっか、でもぼく予定あるから☆」

じゃっ！　と聞く耳を一切持たず、さっさと会議室を出ていこうとする。

「ま、待たんか！　この会合以上に大事な予定ってなんじゃい⁉」

「ん、剣舞祭《けんぶさい》のブラットくんの観戦だけど☆」

マーリンの呪文《じゅもん》で強引に動きをとめられ、グラッセはしかたなしに振りかえり、悪びれることなくそう言った。

「剣舞祭……なるほどのう、ピシュテルの小童《こわっぱ》どもの学院のトーナメントか。それにこのブラットとやらも出場するというわけか」

そんなことだろうと思った、とマーリンはジト目で深いため息をつく。

「え、グラッセちゃんずる〜い！　わたしも観た〜い！　かっこよすぎてブラちゃんのファンになっちゃったもん♥　ねえ、マリンちゃん観に行かな〜い⁉」

「なぜわしが！　わしは研究で忙しい。行きたいならグラッセと二人で勝手に行け。あとわしの名はマーリンじゃと言うとろう！」

ぶう、とセリエは不満げな声をあげる。

「だってマリンちゃんがいないと行くだけでつかれちゃうもん～！　魔法で一瞬で連れてってくれるのなんて、マリンちゃんぐらいしかいないでしょ～？」

「……わしを便利な馬車かなにかと勘違いしとりゃせんか？　これでも魔法都市の最高指導者なんじゃぞ！　あとマーリンじゃなくて、マリン……あ、いや逆じゃった」

ああもう面倒くさい！　とマーリンは髪をわしゃわしゃとかきむしる。

「ともかく誰かと行きたいのなら、カスケードでも連れてゆけ。カスケードのとこの小童はピシュテルに留学しておったろう。剣舞祭とやらにも出るのではないか？」

「え、そだっけ～？　確かカスちゃんに似て、すっごく強いって話よね～？　ブラちゃんと試合したらおもしろくなりそ～！」

「へえ、それはぜひ観たいものだね☆」

目を輝かせて相槌《あいづち》を打つグラッセ。

「……というか、マリンちゃんってこ～んなに小さいのにほんとにどんなことでも知ってるよね～？　えらいえらい♥」

「うるさい、ちびは関係なかろうが！」

それにおぬしよりうん百は年長じゃからな、少しは敬え！　と不満げなマーリンを無視し、セリエは会合で沈黙をつらぬいていたひとりの男に向きなおる。

「カスちゃん、せっかくだから行かない？　子供の晴れ姿見たいでしょ～？」

「興味がない」

身を乗りだして誘うセリエだが、男の答えは冷ややかだった。

「またカスちゃんたらそんなこと言って～♥　カスちゃんも、昔からそういうとこあるよね～！　ほんとは気になって気になってしかたがないんでしょ～？」

「そもそも吾輩《わがはい》は一国の主だ。貴様らのように軽々と他国の敷居はまたげん」

そうあしらった男の名は、カスケード・ドラ・トラフォード。

邪悪な存在がはびこるデルトラ半島、そこにもっとも近い不毛の大地に領土を持つ〝灰色の帝国〟ダストリアの現皇帝であった。

邪悪な亜人や気性の荒い蛮族、そして〝灰色の民〟と呼ばれる原住民たちを強引にまとめあげ、皇帝に君臨するその絶対のカリスマから〝絶対皇帝《バーサクエンペラー》〟の二つ名で呼ばれている。

「……ま、そうじゃろうな。ダストリアにはいまだ不穏分子が山といる。その対応にくわえ、エルネイドとの仲にも亀裂が入っておるのだから、寝る間もなかろう。特にエルネイドに関してはかの預言者による不穏な預言もあるしのう」

「吾輩は預言などというものは過信しない。だが我が国とエルネイドに不和が生じたのは事実。早急に手を打つ必要がある。無為な時間を過ごす猶予はない」

ダストリアは一帯を平定して間もないこともあり、いまだ政情は不安定。皇帝が外遊している余裕がないというのは事実だろう。

セリエもそれは理解しているらしく、いたしかたないと肩をすくめる。

「他に行きたい人もいなさそうだし……となるとマリンちゃんとグラッセちゃんとわたしの三人で行くしかないかしら～？」

「勝手にわしをくわえるな！　おぬしら二人となんてどんな罰ゲームじゃ！」

「え……行ってくれないの～？」

セリエがこれまでになく悲しげに言う。

こういった精神攻撃に滅法弱いマーリンは、ぐぬぬと唸《うな》り声を漏らした。

「悲しげにしても無駄じゃ、わしは行かん」

「ううう っ……泣いちゃう」

ぷいとそっぽを向くマーリンだったが、セリエが鼻水をすする音とともに本気の泣きおとし攻撃に入ると、思いのほか陥落は早かった。

「……ああもう、行けばいいんじゃろ！」

「やった～！　マリンちゃんだぁいすき♥」

マーリンがあきらめたようにため息まじりに言うと、セリエはさきほどまでのすすり泣くような声から一転し、嬉々《きき》とした声をあげる。

あまりにちょろいマーリンだった。

「か……勘違いするでないぞ。ブラットとやらのことはいつかはこの目で真価を確かめる必要がある。それを早めたにすぎん。それにわしがまとめて連れてゆけば、移動時間は一瞬じゃ。会合も続けられよう。まだまだ話しあうべきことは山とあるんじゃからな」

「マリンちゃんツンデレ～♥」

茶化すセリエを無視し、マーリンはいまだ席を立ったままのグラッセに「わかったら議論再開じゃ」と声をかける。

グラッセはやれやれといった調子で肩をすくめ、面倒くさそうに席に戻った。

「……よし、まずは魔王の残党どもについて話しあわねばな。サイクロプス討伐で彼奴らも方針を変えてくるやもしれぬし」

そんなこんなで英雄たちは何事もなかったように普段の会合へと戻ってゆく。

こうして――
ブラット当人の与り知らぬところで、各国に分散して大陸のパワーバランスを保っている人類最高戦力〝七英雄〟のうち、グラッセ、セリエ、マーリンの三英雄がピシュテル王国を訪問するという前代未聞の決定がなされたのだった。

＊

——〝夢幻界《むげんかい》〟。

それは人間たちが棲まう人間界と、魔物たちが棲まう魔界のあいだにある世界。妖精界《ようせい》や精霊界にほど近く、時間と空間の概念があいまいな異質な世界であった。

二つの黒い太陽、そして妖《あや》しいオーロラのごとき虹色《にじいろ》の空が見下ろすその世界に、魔王軍の現在の拠点〝夢幻城《むげんじょう》〟があった。

そしてブラットが猫人族の集落を発つよりも少し前のこと、〝夢幻城〟では魔王軍の重鎮たちによる会合が行われていた。

そこは謁見《えっけん》の間。

魔石灯《ませきとう》の明かりにおぼろげに照らされたその空間には、数十もの多種多様な魔物たちが集っていた。全員が魔王軍においてそれなりに高い地位にあり、同時に並の人間では太刀打《たちう》ちできぬ強大な力を持った魔物たちであった。

そしてそんな魔物たちのなかでも、ひときわ禍々《まがまが》しい魔力をまとうものがいた。

宙空に浮かんだ豪奢《ごうしゃ》な玉座。

そこにゆったりと腰かけ、脚を組んでふんぞりかえる人型の魔物だ。

人間よりも一回り小柄なうえ、人型ということもあって姿形は一見すると、血色の悪い不健康そうな子供。だが全身を覆う外套《がいとう》からは、ぴりぴりと張りつめるような魔力があふれ、ほかの魔物たちの追随を許さぬ桁外《けたはず》れの威圧感がある。

なにより顔の左半分を覆っている黒塗りの仮面。

それは魔王軍において最高幹部〝四魔将《よんましょう》〟であることを示す証《あかし》であり、その魔物の圧倒的なまでの強さを如実に現していた。

「ケケケ……まさかサイクロプスが倒されるとはナ。〝七英雄〟以外にもこれほどの力を持った人間がいようとは興味深い」

仮面の魔物——現在この魔王軍の最高指揮権を持つ〝暴食《オーバーイーター》〟ベルゼブブは、そう嗤《わら》いながら謁見の間の中央に目を向けていた。

そこには巨大な魔水晶が浮かんでおり、迷宮スカイマウンテンにてサイクロプスがたったひとりの人間の手で討伐された無様な光景が映しだされていた。

ベルゼブブが愉しげな一方で、その光景への魔物たちの反応はさまざまだった。

『豪腕を片手で受けとめたあの腕力……信じられん、いったい何者だ!?』

『……うろたえるな、しょせんは脆弱《ぜいじゃく》な人間だ。オラたち兄弟があの場にいれば、またたくまに肉塊に変えていたことだろう』

『いや……あれはそう容易ではなかろウ。まだ力を隠しているとしたら、下手《へた》をすれば陛下の喉元《のどもと》にさえ届きうるやモ……』

謁見の間がまたたくまに騒がしくなり、一体のゴブリンロードがそんなことを言ったそのときのことだった。

それまで微笑まじりだったベルゼブブの目が険しく細められ、同時にベルゼブブの外套の下部がもごもごとうごめいた。

「!?」

直後。ベルゼブブの外套の裾《すそ》から鞭《むち》のような触手がすさまじい速さで飛びだし、ゴブリンロードへと襲いかかった。

触手はゴブリンロードをまるで蛇のようにぐるぐると搦《から》めとると、軽々と宙へと持ちあげ、そしてきつく絞めあげた。

「……ぐああああああああッ!!」

ゴブリンロードの悲鳴がとどろく。

触手から抜けでようともがいているが、一見すると貧弱そうなその触手にはベルゼブブの桁外れな魔力がこめられており、易々と脱出できるはずもなかった。

これは捕縛されたゴブリンロードの力が弱い、というわけでは決してない。

ゴブリンロードはゴブリン族の上位種で、『ファイナルクエスト』のレベルに換算すれば三〇を超える。だがそれ以上にベルゼブブの力が桁外れすぎたのだ。

触手に絞めあげられて苦しむゴブリンロードの様子を冷えきった目で見つめ、ベルゼブブはケケケと乾いた笑い声を漏らした。

「……あの人間が誰《だれ》の喉元に届きうると？　言葉に気をつけろ。たかが巨人ごときを倒しただけの人間と、我らが闇《やみ》の覇王を同列に並べて語るなど嗤わせてくれるナ」

「も……申し訳ございません、ベルゼブブさま！　どうかご慈悲ヲ！」

ゴブリンロードが懇願すると、ベルゼブブはしばし思案する仕草をしたのち——

「……よかろう、オレも鬼ではない」

不意に、触手の力をゆるめた。

するとゴブリンロードはようやく満足に空気を吸えるようになって息を整え、赦されたのだと安《あん》堵《ど》の微笑を浮かべる。

だがそれが、彼の最期の微笑となった。

——ブシュッ、と。

刹那《せつな》。なにかが潰《つぶ》れるような音が響く。

それはまるで、果実から汁を絞りだそうとしたときのような音だった。

問題は果実に当たる部分がゴブリンロードの肉体であり、そして絞りだされたのが彼の赤黒い鮮血だったということだ。

力をゆるめたのもつかの間、ベルゼブブは触手の絞めつけを急激に強め、その圧倒的な力でゴブリンロードを圧殺したのだ。

派手に飛散した血しぶきが、肉塊と化した魔物の体とともに床を汚した。

「ケケケ……よろこべ。陛下が目を覚ましてらっしゃったなら、貴様のような愚かものは拷問され、永久に生き地獄に堕とされていたところだ。苦痛もなく命を奪ってやった慈悲深いオレに冥界《めいかい》で感謝するんだナ」

ベルゼブブは蛇のような舌を触手に這《は》わせ、滴る魔物の血液をなめとった。

それからひとつ息をつき、

「……いちいち大げさなんだナ。サイクロプスなど〝四魔将〟のなかで最弱……どころか、まがいものでしかない。替えのきく駒《こま》だナ。その程度の小物が倒されただけで陛下を引きあいに出して愚《ぐ》弄《ろう》するなど言語道断」

〝七英雄〟の手によって大きく力を削《そ》がれた魔王は、いま休眠状態にある。

そしてその魔王を目覚めさせるには膨大な魔力と、鍵《かぎ》となるいくつかのアイテムが必要だ。それらを集めるべく、いま魔王配下の魔物たちは世界各地で暗躍している。

サイクロプスに〝四魔将〟を名乗らせ、猫人族に生贄《いけにえ》を要求するというこれまでの魔王軍にない目立つアクションを起こさせたのも、そんな計画の一環だったのだ。

実際はサイクロプスなど魔王軍において〝四魔将〟の配下――〝魔団長〟という格下の地位でしかない。倒されても大きな痛手にはなりえないのだ。

「……とはいえ、危険因子の芽を早めにつむべきなのは確かだナ。現時点であやつが我らの障害になるとは思わんが、万一〝七英雄〟クラスにまで成長すれば厄介だ。侮れば巨人の二の舞になろう。綿密に立ててきた計画を邪魔されてはかなわん」

ベルゼブブがそう続けると、しかしそこで魔物の一体、エンシェントリッチが恐る恐るといった調子で手をあげる。

ベルゼブブが一瞥《いちべつ》して発言を許可すると、エンシェントリッチは安堵したように息をつき、ゆっくりと口を開く。

「ブラットなる人間の始末には賛同でありまス。しかしながらピシュテルにはあの〝魔神殺し《デモンスレイヤー》〟グラッセ・シュトレーゼマンがいル。恐れるわけではございませぬが、中途半端に手を出せばしっぺ返しをくらうのはこちらかと愚考しまス」

ベルゼブブはふむと鼻を鳴らす。

「確かに〝魔神殺し《デモンスレイヤー》〟はなかなかに厄介だ。当初の計画通り、準備が整ってから綿密に対策して確実にしとめるべきであろう。となるとあの王子を始末するには、自然とやつの目をかいくぐる必要が出てくる。そんなことができるものとなると難しいナ。オレ自ら出向くというわけにはいかぬ状況であるし……適任はいないものか」

　ベルゼブブ自身ならば適任ではあるのだが、魔王軍全体の指揮をとっているため、長期間この〝夢幻城〟を空けるわけにもいかない。

　なにしろじっくりと調理していたデルトラ半島の状況が佳境なのだ。そんなことをしている暇もない。となると、ほかに適任は――

「……どうかオラたちにおまかせください」

　ベルゼブブがまわりを見回すと、即座に一体の魔物が声をあげた。

「ほう、ガルロフ兄弟か」

　進みでてきたのは、同種の二体の魔物。

　ワーウルフの上位種、ワーウルフロードだ。

　血に飢えた獣の頭部を持つ二足歩行の獣人のごとき外見をしており、狡猾《こうかつ》に人を騙《だま》して喰《く》らうことに非常に長《た》けた魔物である。

「オラたちには人間へと姿を変えられる能力がある。あの王国ではまもなく剣舞祭という祭が大々的に行われることもあり、それに乗じれば人間のひとりやふたり一瞬でしとめられましょうぞ。ぜひおまかせあれ」

　ワーウルフロードの兄弟は自信満々といった表情で言い、不敵な微笑を浮かべた。

　ベルゼブブはしばし考えるように黙りこんだのち、「よかろう」と嗤う。

「ケケケ……さっそくピシュテルへとおもむき、我らに牙《きば》を剥《む》いた愚かさをあの人間に身をもって教えてやるがいい」

「ははっ！　ありがたき幸せ」

瞬間。ガルロフ兄弟は不敵な微笑を深め、その圧倒的な脚力で跳躍。

そのまま謁見《えっけん》の間から飛びだしていった。

しかしその直後のことだった。


「――あんな獣にまかせてよろしいのかしら？」

謁見の間の出入り口から、そんな声とともにひとりの女が入ってくる。

優雅にベルゼブブの前へと歩を進めたのは、妖艶《ようえん》な女。

ベルゼブブの顔を覆っている黒塗りの仮面と、ほぼ同じ仮面をつけている。すらりと上背がある細身の体に、マーメイド型の紅のドレスをまとっている。

露出が多く娼婦《しょうふ》のごとき出でたちなのだが、一方で立ち居振るまいにはそうとは思えぬ上品さがあり、どこか貴族を連想させる。

そしてその肩には二羽の鴉《からす》がとまっており、さらにゴシックドレスのかわいらしい少女の人形が一体ちょこんと腰かけていた。

「リオネッタ、戻っていたか」

――〝人形遣い《ドールマスター》〟リオネッタ。

〝四魔将〟のひとりであり、現魔王軍においてベルゼブブと対等に言葉を交わせる数少ない存在のひとりであった。

「あのブラットという人間の力量と状況を考えれば、この場ではあれがもっとも適任であろう。おまえが行ってくれるというのなら……話は変わってくるのだがナ」

「行ってもよろしくてよ」

ベルゼブブが冗談まじりに提案すると、リオネッタはそう即答した。

意外な返答にベルゼブブは目を見開く。

「……ほう、どういう風の吹きまわしだ？」

興味深げに訊《たず》ねると、リオネッタは飄々《ひょうひょう》とした調子で肩をすくめた。

「元々ピシュテルをまかされたのは、このわたくし。後に弊害となる存在を排除するのも、わたくしの仕事だと思うのだけれど？」

「ケケケ……確かにおまえの仕事ではあるがナ、おまえはおまえの仕事を素直にこなすほどに勤勉な女ではなかったろう？」

リオネッタは実力は確かではあるが、いささか性格に難がある。ふだんこういった面倒ごとにわざわざ名乗りでてくる女ではない。

「失礼ね、わたくしはこれでも魔将では三番目に真面目《まじめ》なつもりですわよ？」

「そりゃ四人しかいないうえに、残りがすさまじい偏屈だからナ」

ベルゼブブが肩をすくめると、リオネッタは「あら」と口元を手で覆う。

「だが行ってくれるというのならば拒む理由はないナ。考えがあるのだろう？」

「考えもなにも……人間をひとり消すぐらいならば造作もないわ。でも、ただ赤子の手をひねるようなことをしてもつまらないから、盛大なショーを催すつもりよ」

盛大なショー？　とベルゼブブは興味深げに首をかしげる。

「ええ、そしてそれはわたくしたちの目的を果たすための大きな一歩になるでしょう。ピシュテルには手駒にできそうないいお人形も見つけたし、愉しい時間になりそうだわ」

ね、アリエッタ？　とリオネッタが声をかけると、肩の上の人形がまるで生きているかのような自然な動きでこくりとうなずいた。

「なるほどナ、それは愉しくなりそうだ」

ベルゼブブは理解したというように愉しげな微笑を浮かべ、

「ケケケ……よかろう、好きにするがいい」

「……言われずとも」

リオネッタは妖艶な微笑で即答する。

直後。肩にとまっていた鴉がまるでスライムのようにぐにゃりとつぶれ、漆黒の液体のようになってリオネッタの全身を覆った。
そしてそれが消えたときには、すでに彼女の姿は謁見の間にはなかった。

書き下ろし番外編　とある猫人族の恋慕《れんぼ》

『――やった、外だ‼』

ひとりが声をあげると同時に、沸きたつような歓声があがった。

迷宮スカイマウンテン一階層、ダンジョンの入口付近。

深部でのサイクロプス戦と長時間の探索で疲弊し、さきほどまでまるで不死者の群れのようによろめきながら歩いていた猫人族《ケットシー》の討伐隊《レイド》の面々は、しかし外から差しこむ陽光を見るなり活気を取りもどし、なだれを打ったように迷宮の外へと駆けだしていく。

そんななか――

（どうにか……なったにゃ）

隊の長であるミーナは隊の後列についてゆっくりと外に出ると、陽光に目を細めながら、ひとりホッと胸をなでおろしていた。

サイクロプスの討伐後、ミーナたち討伐隊は負傷者がある程度回復するのを待って迷宮からの脱出を目指して元きた道を引きかえした。

そして何度か危険な状況におちいりながらも、たったいま迷宮を脱出したところなのだった。

（犠牲者が出なくて本当によかったにゃ）

討伐隊の長として、ようやく肩の荷が下りた気分だった。

迷宮探索でもっとも危険なのは、実はこの帰路なのだ。

なにしろ探索の帰路というのは、モンスターとの度重なる戦闘、そして長時間の探索を経たことによって、肉体的にも精神的にも極限の状態。

不意を打たれ、一瞬でパーティーが壊滅なんてこともままある話なのだ。

だから最後まで気を揉《も》んでいたが、無事脱出できてよかった。

（それもぜんぶ……こいつのおかげだにゃ）

ミーナはおもむろに、傍らを歩く美貌《びぼう》の少年ブラットを見やる。

疲労にくわえて隊に負傷者を抱えた状況で犠牲者をゼロに抑えられたのは、間違いなくこのピシュテルの王子の活躍のおかげだった。

帰路で討伐隊は何度かモンスターに囲まれて窮地におちいったのだが、その度にブラットが圧倒的な力でモンスターを一掃してくれたのだ。

一〇体二〇体いようと一瞬で、だ。

信じられないことだった。

スカイマウンテンの魔物は、熟練の戦士でも苦戦する凶悪な魔物ばかりなのだ。にもかかわらず、それを涼しい顔で瞬殺してしまったのだから。

だがそれも当然のことなのだろう。

なにしろブラットは、あの凶悪なサイクロプスでさえも討伐してしまったのだから。

とにもかくにも。

おかげでミーナたちは余計な体力を使うことなく、そして死者を出すこともなく、この難関と言われる迷宮を無事に脱出できたというわけだ。

サイクロプス討伐時に救われ、迷宮脱出時にも救われ、さらには集落もモンスターたちから救ってくれたというのだから、この少年には頭があがらない。

ミーナは集落の若長として――いや、ひとりの人間として、一生をかけても返せぬ恩をこのブラットという少年から受けたと言っても過言ではない。

（この恩は……いつか必ず返すにゃ）

ブラットの麗しい横顔を見つめ、あらためて決心する。

猫人族はこれでも義理堅い。ブラット自身は礼は不要と言っていたものの、それではさすがに気が済まない。なんらかの形で報いたいと思う。

一度は失ったと思った命だ。

それを救ってくれた彼のために使っても悔いがあろうはずがない。彼のためならば自分のできるかぎりのことをするつもりだった。

（あっ……でも、もし変な要求をされたらどうしよう？）

ふと、いかがわしい想像が脳裏をよぎる。

ブラットはミーナのことをかわいらしいと気に入っている様子だった。だからミーナに恩返しにとそういった要求をしてくるかもしれないと思ったのだ。

ミーナはポッと頰《ほお》をそめ、しかしすぐにぶんぶん首を振る。

（い、いや……いったいなにを考えているにゃ！　勘違いしすぎだにゃ。あんなのは誰《だれ》にでも言っていること……お世辞に決まっているんだから）

でもお世辞は苦手って言っていたし……！　と内心でもうひとりの自分と激論をくりひろげながら、熱を帯びはじめた頰を自身の両手でぺちんとはさむミーナ。

そんな挙動不審な態度でミーナが視線を送りつづけていると――


「……ん？」


ブラットが視線に気づき、いぶかしげにミーナを見る。

ばっちりと目があってしまう。

「……ッ」

ミーナは慌てて視線をそらそうとした。

しかしそこでまるで魅了の魔法にでもかけられてしまったかのように、ミーナの視線はブラットの澄んだ紅玉石《ルビー》の瞳《ひとみ》へと吸いこまれてしまった。

あまりに綺麗《きれい》な瞳だった。

それは魅了の力を持つという吸血鬼の瞳のようで、ミーナはどうしても視線が外せなくなる。

「……」

だがしばし見入ったあと、ブラットにニコリと貴公子の微笑を向けられ、そこでハッと我にかえってようやく視線を外すことに成功する。

ミーナは胸をなでおろしながらもその爽《さわ》やかな笑顔にまた赤面し、

（いやいやいや……そもそもなんで目をそらす必要があるにゃ、ふつうに声をかければいいのに）

ぶんぶんと首を振り、挙動不審になったことを後悔する。

ブラットに見られると、なぜだか平常心でいられなくなってしまうのだ。助けられたあのときからなのだろうか。妙に意識してドギマギとしてしまう。

「……おうおう、惚《ほ》れたか？」

タイミングを見計らったかのように、従兄弟のユグルドが横から小突いてくる。

「バ……バカ！　そういうんじゃないにゃ！」

「本当かあ～？　顔が妙に赤いようだがなあ？」

しかもこれ以上なくニヤニヤとしているから意地が悪い。

（そういうんじゃないにゃ、絶対……いや、たぶん）

確かにブラットのことは尊敬しているし、紳士的な振るまいにも好感を抱いている。

だが、やはりそういうのではないと思うのだ。

『え、若長ってブラットさまねらってないんだあ⁉』

『朗報じゃん！　なら、あたしねらっちゃおっかな～？　強いし優しいしかっこいいし……しかも王子さまなんでしょう？　まじ理想でしかないって♥』

『は、抜けがけやめてよ！　あんた最初はそんなこと言ってなかったでしょ！　うちなんか痩《や》せる前からかっこいいって目つけてたんだから……！』

娘たちがにわかに色めきたち、黄色い声をあげる。

そしてその勢いでひとりがブラットに声をかけると、気づけば皆こぞってブラットのもとに詰めより、体を寄せてキャッキャとアピールしはじめた。

（……さっきまでつかれたつかれたって死にかけだったくせににゃ）

娘たちの変わりようにやれやれと肩をすくめるミーナ。

猫人族の娘は男にツンとした態度を取ることも多いが、認めた男に対しては別。こうして一転してデレを全面に出し、容赦なく落としにかかるのだ。

ブラットは娘たちの押しの強さに当惑した様子ながらも、紳士的な笑顔で対応していた。その対応だけでも王族としての彼の器の大きさがよくわかる。

だがそんな様子をしばし見ていると――

「……」

なぜだろう、ミーナは次第に胸が締めつけられる感覚におちいった。

単に社交辞令で向けている笑顔なのだろうが、ブラットの笑みがほかの女に向けられていると思うと、どうにも胸がきゅっと苦しくなってしまう。

なぜそれを向けられているのが自分ではないのだろう——そんな気持ちになってしまうのだ。

「……ミーナ、おまえも素直になったらどうだ？　男ってやつは鈍感な生きもんだ。あいまいな態度でいたら、気づかれもしないまま縁もあっさり切れちまうぞ」

「だ、だから違うって言って……！」

ユグルドとそんなやりとりをしていたときだった。

ブラットが娘の集団から離れ、こちらに来るのが見えた。

「ど……どうか、したかにゃ？」

「いや……迷宮を脱出できたばかりでなんだが、このままピシュテルに帰還させてもらおうと思ってな。その挨拶《あいさつ》をしておきたいと思ったのだ」

「え……も、もう帰るのかにゃ？」

唐突に別れを切りだされ、面食らってしまうミーナ。

猫人族の慣習もあり、集落に戻ったらそのまま勝利の宴《うたげ》を開くつもりだった。ブラットも少なくともそこには参加してくれるだろうとミーナは思っていたのだ。

「ああ、まもなく我がピシュテルでは剣舞祭《けんぶさい》が行われる。国中の民が参加する盛大な祝祭だ。それまでには余裕をもって戻っていたいところだからな」

ミーナも剣舞祭のことは耳にしたことがあった。

国をあげての祭りで王子がその場にいないのは確かにまずいだろう。

「そ、そうか、それならしかたがない……か」

そう言い、だがそこで背後からユグルドに腕をつかまれる。

ユグルドはそのままミーナの顔を引きよせて小声で、

「……いいのか？　下手《へた》すると二度と会えねえかもしれねえんだぞ」

「で、でも……しかたないにゃ。早く帰らなきゃいけないって本人が言ってるんだから」

ミーナが自身の両の指をつんつんとしながら言うと、ユグルドは大きく息をつく。

「……なっさけねえな、それでも集落の若長かよ。若長が自分の気持ちすらも伝えられねえままあんないい男をみすみす逃すなんて、集落の未来は暗いぜ」

「だ、だからそういうのじゃ……！」

ふたたび否定しかけ、しかしミーナはそこで口ごもる。

さきほどブラットが娘たちに笑みを向けたときの自身の胸の痛みを思いだしたのだ。ブラットに特別な感情を抱いていないのなら、あんな痛みを覚えるはずはない。

思いあたった様子のミーナを、ユグルドはふたたびニヤニヤとした微笑で見つめてくる。

「……ああもう！　わかったにゃ、引きとめればいいんだろ」

「それでこそ誇り高き猫人族の若長だ、がんばんな」

ユグルドにどんと背を押され、ミーナは真顔でブラットに向きなおる。

「……？」

話がわかっていない様子のブラットはただ首をかしげる。

「え、えっと……今夜は集落でこのまま祝宴を開くつもりにゃ」

ミーナはもじもじと身をよじりながら、ぶっきらぼうに口火を切る。

「ほう、それはいいことだ。いつまでも悲しんでばかりはいられないからな。猫人族は戦のあとにはいつも盛大に宴を開くと聞く。ぜひ皆で楽しんでくれ」

「ああ楽しませてもらう……ってそうじゃないにゃ！　戦のあとの祝宴は猫人族にとって……とっても重要なもの。犠牲となったものを弔い、残されたものが前に進むための儀式だにゃ。だから、その……今回の戦の立役者に参加してもらわないと困るにゃ」

ミーナはぐっと下唇を噛《か》みしめ、高い崖《がけ》から飛びおりるような気持ちでそう言った。

しかしそれにブラットは困った表情で、

「いや……もちろん、参加したいのは山々だ。しかしさきほども言ったように、帰路を考えると日程的にけっこうぎりぎりで……だから今回は……」

「だめ……か？」

ミーナは唇をきゅっと引きむすんだ。

断られそうだとわかった瞬間、とたんに目頭がじんと熱を帯び、ミーナの大きな瞳には水滴がじわじわとにじんできてしまう。

自分は簡単に泣くような人間ではないはずなのに、まるでこの世のすべてに見放されたような気持ちになり、抑えが効かなくなってしまったのだ。

ブラットはそんなミーナを見ると、どうしたものかと頭をかきながら視線を泳がせる。

二人のあいだに、気まずい沈黙が流れた。

だがしばしあって――


「いや……そうだな、参加させてもらおうかな?」


ブラットは微笑まじりにそう言った。

ミーナは驚愕《きょうがく》に目を見開き、

「い、いいのか!? 無理をしているんじゃ!?」

「嫌なら嫌と言うさ。話を聞いていたら、むかし飲んだ猫人族の果実酒が無性に飲みたくなった。日程的にはぎりぎりだが、急げばどうにかなるだろう」

ブラットは包みこむようなおだやかな微笑で肩をすくめる。

ミーナはこれ以上なくパッと表情を輝かせた。

まだブラットと一緒にいられるのだ——そう思うと、さきほどまで心のなかを支配していた絶望はあっというまに雲散霧消し、まるで天にものぼる心地《ここち》になった。

『キャ〜！　ブラットさま参戦決定⁉』

『ささ、こちらへ！　うちが集落を案内します！』

『いやいや、案内はぜひこのわたしが！』

ブラットが宴に参加すると決まるや否や、それまで無言で会話に耳を澄ましていた猫人族の娘たちが、ブラットの案内役の座を勝ちとろうと殺到する。

ミーナは覚悟をするように生唾《なまつば》をのみこんで握《にぎ》り拳《こぶし》をつくったあと、

（ここは……譲れないにゃ）

せっかくがんばって引きとめることに成功したのだ。

「……」

自身の腕をブラットの腕にからめ、ぴたりとブラットに寄りそった。

そしてコホンコホンと咳払《せきばら》いしたあと、

「……集落の若長として、案内はこのミーナ・リーベルトが責任を持って担当するにゃ」

ブラットの体に触れているというその事実だけで、自身の体温がまたたくまに急上昇するのを感じながらも、はっきりとまわりにそう宣言する。

そしてブラットにぎゅっとしがみつき、誰《だれ》にも渡さないということをアピールする。

『え～、若長ひど～い！　ねらってないって言ったのに！』

『ぶーぶー！　さすがに職権乱用じゃないですか～？』

『そうですよ、機会は平等に与えられるべきだと思うんです……！』

すかさず不平不満をつのらせる娘たち。

猫人族の女は男を見初めて一度ねらいを定めると、たとえ恋敵が自分よりも目上の立場の人間であろうと遠慮することはないのだ。

しかし、ミーナもここは譲れない。決して譲るわけにはいかないのだ。

「……ブラットはなにしろピシュテル王国の王子。そんな人を相手できるものがいるとすれば、立場的に若長であるにゃーしかいないにゃ」

ミーナは権力を容赦なく笠に着て、娘たちにマウントを取る。

いまだ娘たちはぶーぶー言っていたが、それは見てみぬふりでミーナはブラットの腕を引く。

「さあブラット、案内はまかせるにゃ♥」

「あ……ああ、それでは頼もうかな？」

ブラットは当惑している様子だったが、それも無視してぴたりとくっつく。

（本気にさせたんだから……責任はとってもらうにゃ？）

明日には帰ってしまうというのなら、それまでに仕留めるしかない。

ここにきて完全に吹っきれ、この一晩にすべてをかけようと心に誓うミーナなのだった。

あとがき

はじめまして、少年《しょうねん》ユウシャと申します。

このようなペンネームをしておりますが、実は少年でも勇者でもありません。周りには秘密にしていることなので、どうかここだけの話にしておいてくださいね？

……毒にも薬にもならない前置きはともかく。

この度は本作を手にとっていただき、まことにありがとうございます。

本作はＷＥＢにて公開されている同作に加筆・修正をした書籍版となっております。

自分は幼少期からハードを問わずにさまざまなコンピュータゲームに時間を費やしてきたのですが、なかでもストーリー性のあるＲＰＧをこよなく愛しております。

本作はそんなＲＰＧの世界に自分が入って、登場人物たちに大きな影響を与えられたら最高だろうな、という作者の思いつきから執筆した作品になります。

自分がもしも物語の世界に入れたら、さらには作中で〝最強〟の力を持っていたら、推しているあのキャラを助けて幸せにしてあげられるのに――そのような願望というのは、本作を手にとってくださった皆さまも一度は抱いたことがあるのではないでしょうか？

本作を読了したとき、皆さまのそんな願望を一片でも満たせていたのなら、作者としてこれ以上のよろこびはありません。満たせていなかったなら作者の力不足です、すみません！

……さて。

書店にはところせましと本が並んでおりますが、本を一冊出すというのは言うまでもなく大変なことです。本作の出版にあたっても、多くの方々にご尽力いただきました。

現場で本を売ってくださっている書店員さま、美麗な装丁をほどこしてくださったデザイナーさま、わずかながらあった日本語への自信を見事に打ちくだいてくださった校正さま、出版に当たってお力添えくださった出版社の皆さま、本当にありがとうございました。

そしてＷＥＢで応援してくださった読者の皆さま、お忙しいなかで想像を超えるかっこかわいいイラストを描いてくださった超一流イラストレーターのてつぶたさま、書籍化打診から一番長くお付きあいいただいた超敏腕担当編集のＩさま、なによりもいま本作を手にとってくださっている読者の皆さま、あらためまして本当に本当にありがとうございました。

続きも必ずやおもしろくしますので、ぜひ今後の動向にご注目いただければと思います！

それでは、次巻でお会いできることを祈って。

少年ユウシャ

カドカワBOOKS

黒豚王子《くろぶたおうじ》は前世《ぜんせ》を思《おも》いだして改心《かいしん》する
悪役《あくやく》キャラに転生《てんせい》したので死亡《しぼう》エンドから逃《に》げていたら最強《さいきょう》になっていた

2021年5月10日　初版発行

著者／少年《しょうねん》ユウシャ

発行者／青柳昌行

発行／株式会社KADOKAWA

〒102-8177
東京都千代田区富士見2-13-3
電話／0570-002-301（ナビダイヤル）

編集／カドカワBOOKS編集部

印刷所／暁印刷

製本所／本間製本

Printed in Japan
ISBN 978-4-04-074034-8 C0093

新文芸宣言

かつて「知」と「美」は特権階級の所有物でした。

15世紀、グーテンベルクが発明した活版印刷技術は、特権階級から「知」と「美」を解放し、ルネサンスや宗教改革を導きました。市民革命や産業革命も、大衆に「知」と「美」が広まらなければ起こりえませんでした。人間は、本を読むことにより、自由と平等を獲得していったのです。

21世紀、インターネット技術により、第二の「知」と「美」の解放が起こりました。一部の選ばれた才能を持つ者だけが文章や絵、映像を発表できる時代は終わり、誰もがネット上で自己表現を出来る時代がやってきました。

UGC（ユーザージェネレイテッドコンテンツ）の波は、今世界を席巻しています。UGCから生まれた小説は、一般大衆からの批評を取り込みながら内容を充実させて行きます。受け手と送り手の情報の交換によって、UGCは量的な評価を獲得し、爆発的にその数を増やしているのです。

こうしたUGCから生まれた小説群を、私たちは「新文芸」と名付けました。

新文芸は、インターネットによる新しい「知」と「美」の形です。

2015年10月10日
井上伸一郎

第４回カクヨムWeb小説コンテスト 異世界ファンタジー部門〈大賞〉
元社畜、異世界の端っこでのんびりモノづくり生活、はじめます。
WEBデンプレコミックほかにて
コミカライズ連載中!!!
漫画：日森よしの
鍛冶屋ではじめる異世界スローライフ
たままる　イラスト／キンタ
異世界に転生したエイゾウ。モノづくりがしたい、と願って神に貰ったのは、国政を左右するレベルの業物を生み出すチートで……!?　そんなの危なっかしいし、そこそこの力で鍛冶屋として生計を立てるとするか……。
カドカワBOOKS

※紙本と電子書籍の合算数字となります。
2020年6月現在。
シリーズ累計
200万部
突破!!
蜘蛛《くも》ですが、
Kumo desuga, nanika?
なにか?
著：馬場翁
イラスト：輝竜司
TVアニメ
2021年1月より
連続2クール放送決定!!
『このライトノベルがすごい！2017』（宝島社刊）
単行本部門
新作ランキング
第1位
『このライトノベルがすごい！2018』（宝島社刊）
単行本・ノベルス部門
ランキング
第2位
女子高生だったはずの「私」が目覚めると……なんと蜘蛛の魔物に異世界転生していた！敵は毒ガエルや凶暴な魔猿っておい……。ま、なるようになるか！種族底辺、メンタル最強主人公の、伝説のサバイバル開幕！

生きて、
蜘蛛子ちゃん――!!
全ネットが応援した
衝撃の問題作!!
スピンオフコミックも
要チェック!!
角川コミックス・エースより
好評発売中！
蜘蛛ですが、なにか？
漫画：グラタン鳥
漫画：かかし朝浩
蜘蛛子の七転八倒
ダンジョンライフが
漫画で読める!?
書籍、コミックなどの情報が集約された特設サイト公開中！
「蜘蛛ですが、なにか？ 特設サイト」で 検索
シリーズ好評発売中！
カドカワBOOKS

シリーズ累計
190万部突破！
※紙本と電子書籍の合算数字となります。
2020年11月現在。
トラブル・相談ごとは
聖女におまかせ！
20代OLの異世界スローライフ！
「小説家になろう」
年間恋愛異世界
転生/転移ランキング
1位
(2019/3/25調べ)
※「小説家になろう」は
株式会社ヒナプロジェクトの登録商標です

勇者の孫の旅先チート
～最強の船に乗って商売したら千の伝説ができました～

長野文三郎　イラスト／**かわく**

異世界人を祖父に持つレニーには船の召喚という不思議な力があった。移動距離に応じて進化するその船は、少し旅するだけで規格外の魔導エンジンを積んだ大型船に成長！　貿易船や豪華客船として旅先で大活躍し——？

カドカワBOOKS